산울타리

산울타리

펴 낸 날 2021년 02월 15일

지 은 이 정운종
펴 낸 이 이기성
편집팀장 이윤숙
기획편집 서해주, 윤가영, 이지희
표지디자인 서해주
책임마케팅 강보현, 김성욱
펴 낸 곳 도서출판 생각나눔
출판등록 제 2018-000288호
주   소 서울 잔다리로7안길 22, 태성빌딩 3층
전   화 02-325-5100
팩   스 02-325-5101
홈페이지 www.생각나눔.kr
이 메 일 bookmain@think-book.com

• 책값은 표지 뒷면에 표기되어 있습니다.
  ISBN   979-11-7048-194-2(03810)

산울타리

정운종 에세이

생각나눔

먼저『산울타리』책 출간을 축하합니다.

글쓴이는 어렸을 적 서당에 다니며『사자소학』,『추구』,『명심보감』, 서예 등을 익혔다고 합니다. 이 글은 자연에서 태어난 인간으로서의 본성을, 생명을 향한 경외와 겸손을 아름다운 한 편의 시로 길어 올린 글입니다.

정확하게 말하면 이 글은 시가 아니라 산문입니다. 그러나 이 글을 보면 마치 시처럼 운율을 맞추고 있습니다. 내용은 산문이되, 형식은 시이니 산문처럼 이해를 하면서 시처럼 정서를 느낄 수 있는 책이라 할 수 있지요?

태어나고 자란 곳이 시골이라 가끔 튀어나오는 어릴 적 추억들에서는 농경시대의 정감이 넘치는 글을 대할 수 있습니다. 그런가 하면 서당에서 배운 지식으로 풍부한 한자성어와 고사를 통해 삶의 이치와 온고지신의 깨달음을 주는 글도 많음을 알 수 있습니다.

글쓴이는 오랜 세월 동안 산약초와 등산 분야에 해박한 지식은 물론 평소『논어』『옹야』에 유명한 구절인 "지자요수 인자요산(知者樂水 仁者樂山), 지혜로운 자는 물을 좋아하고 어진 자는 산을 좋아한다."의 참뜻이 무엇인가를 산악인들에게 가르쳐준 사람입니다. 또한, 사람과 산이 만나면서 그 사이에서 벌어지는 정신적 고뇌, 육체적 고통, 그런 갈등이 담겨있는 것을 평소 글쓴이가 쓰고자 하는 글이기도 합니다.

글은 인간의 마음에서 마음으로 뻗은 다리라고 했습니다. 또 글은 사람의 마음을 넓히고, 끌어 올리는 원동력이 된다고 합니다.

우리의 삶을 풍요롭게 해주는 이 글이 우리 사회에 일조할 수 있는 좋은 글이라 생각하며, 한 편 한 편, 행간까지 읽어가면서 읽는 즐거움, 아는 즐거움, 깨닫는 즐거움을 함께 느끼길 소망해 봅니다.

앞으로도 건강하시고 멋진 삶을 기원합니다.

2020년 12월

고려대 경제학과 교우회 호경산악회 회장

李 秉 還

시골에서 태어나 시골에서 유년시절을 보냈다.

세상을 알기 전까지 역시 시골생활의 맛은 천국이나 마찬가지였다. 지금도 가끔씩 그때의 느낌을 갖고 살며 삶은 나 자신에 많은 생각을 잠기게 하였다.

도시생활도 어릴 적 시골생활처럼 사람들이 순박하고 때가 묻지 않았다면 도시생활이 시골생활보다 아마 행복지수가 더 높을 것이다.

그런데,

도시생활은

언제부터인가

명예와 권력과 재산의 '사냥터'로 바뀌어 버린 지 오래되었다.

도시에는 이 '사냥터'에서 얻은 획득물과 포획물에 의해 그 사람의 사회적 신분이 매겨지는 일그러진 도시 문화를 형성하고 있다.

"야불폐호(夜不閉戶)"란 말이 있다.

즉 "밤에도 문을 닫지 않는다"는 말이다.

공자의 말에 의하면, 사람들이 모두 착해서 도둑이 없는 세상, 길에 떨어진 남의 물건을 욕심내지 않는 순박한 세상, 이것은 바로 요(堯).순(舜) 시대나 가능한 이야기다.

6

문명의 눈부신 발달은 많은 '문'을 만들고, 이 '문'을 잠그는 집 열쇠, 금고 열쇠, 자동차 열쇠, 핸드폰 열쇠, 마음의 열쇠 등 많은 열쇠가 현대인의 필수품이 되어버렸다.

그러나 유년시절의 시골집은 울타리가 없다. 울타리가 없으니 대문도 없다. 대문이 없으니 열쇠가 필요 없다. 자연 속에서의 생활은 열쇠가 필요 없다. 밤에도 문을 닫지 않고 사는 사회, 열쇠가 필요 없는 사회, 시골생활은 공자가 그리워하던 바로 요, 순 시대였다.

이 글은 산에서 얻은 생명력과 호연한 기상, 겸허함을 발견하고, 그동안 산을 등반하며 얻은 감회와 깨달음 등이 서술되어 있다.

또한, 『산울타리』라는 글은 자라온 농촌의 배경과 산행을 하면서 보고, 느끼고, 배운 점을 적나라하게 자연의 삶에서 부르는 흙으로 빚은 노래를 두서없이 쓴 글이다.

『산울타리』를 출간하게끔 용기를 주신 선배님, 후배님, 그리고 저를 사랑하는 모든 분께 이 책을 바칩니다.

정운종 올림

차 례

제1장 내려옴의 미학

제2장 연약함과 더불음

제3장 자연은 진정한 예술

제4장 상대방의 존중

내려옴의 미학

산촌의 봄

나는 촌놈이다. 촌에서 태어나고 촌에서 자라 도시 물을 먹지 못했으니 촌놈이라는 표현에 반박할 여지는 없다. 하지만, 촌놈이라는 단어 속에 숨겨진 순박함과 남을 속이지 않는 진정성, 약삭빠르지 못하지만 늘 그 자리를 지키는 꾸준함, 약간의 어눌함 속에 깃들은 사람 좋은 웃음을 사랑한다.

내 고향은 춘천에서도 50여 리 떨어진 춘성군 서면이다. 자동차도 없었고 전기도 없었던 시절, 도회지의 멋스러움은 없었지만 고향 마을의 자연을 생각하면 나만큼 행복한 유년기를 보낸 사람도 없을 것이란 생각을 큰 위안으로 삼곤 한다. 내가 태어나고 살았던 초가집은 20여 년 동안 이사나 증·개축을 엄두도 못 냈었다. 고작 초가를 내리고 슬레이트를 올리는 것이 변화 전부였으니까. 외양간이 붙은 단칸방 고향 집은 야트막한 산자락 아래에 포근히 안겨있었고, 앞에는 Y자 형상으로 양쪽 골짜기에서 내린 맑고 투명한 시냇물이 제법 흘렀다. 아마 우리 집터가 풍수지리학적으로 명당자리라고 하는 사람들이 꽤 있었다. 그 마을은 집이 다섯 채가량 있었는데, 유일하게 우리 집에서만 멀리 떨어진 신작로의 귀퉁이를 볼 수 있었다. 가끔 비포장도로에서 먼지를 날리며 지나가는 트럭이나 버스를 먼발치에서 보면서 도회지를 꿈꾸었는지도 모른다.

산촌의 봄은 느릿느릿한 황소걸음으로 찾아와서 온 동네를 깨우고 오뉴월 햇살에 밀려 긴 산 그림자만큼 여운을 남기고 사라진다. 봄은 제일 먼저 맞이하는 것이 양지바른 비탈의 노란 산수유와 생강나무의 앙증맞은 꽃이다. 앞산에는 수줍은 진달래가 봄의 향연을 준비하고, 눈 녹아 몸집을 불린 계곡에선 풋풋함이 묻어난다. 겨우내 저장 식품으로 생활하던 그 시절 봄은 새로운 먹을거리의 시작이기도 했다. 다래끼 옆에 차고, 호미 들고 양지 바른쪽의 덤불을 헤치면 뽀얗게 살 오른 고들빼기, 씀바귀를 뜯으러 간다. 한 소쿠리 뜯어 따사로운 햇살 아래 봄을 다듬고 초고추장에 버무리면 그 쌉쌀하고 새콤함, 그 계절에만 느낄 수 있는 맛의 독특함이 있었다.

쑥국새의 울음소리와 함께 찾아온 오월은 유난히 낮이 길었다. 젖먹이를 떼어놓고 먼 산골짜기까지 일 가신 부모님의 체취가 그리워 밭으로 찾아갈라치면 끊어질 듯 이어진 길이 왜 그리 멀게만 느껴지던지. 산 그림자 길게 늘어지고 쑥국새 소리도 잦아들 무렵 지게에 한가득 쇠꼴을 지고, 머리에 수건을 두르고 함지를 이고 오시는 엄마의 모습이 시야에 잡혔다. 사랑에 굶주렸던 시절 엄마의 품속에서 맡는 시큼한 땀 냄새가 얼마나 좋았는지 모른다. 고된 일과 중에도 칡잎에 산딸기를 따서 내민 사랑의 깊이를 가늠할 수는 없었지만 지금 생각하면 그 정이야말로 무엇과도 바꿀 수 없는 엄마의 사랑인지도 모른다.

여름밤이면 모기들이 극성이었던 것으로 기억한다. 마당 한편에 모닥불을 놓고 젖은 쑥이며 익모초를 태워 모깃불을 만들고, 겨우내 짠 멍석을 내어 마당에 깔고 엄마의 무릎을 베고 누우면 세상에 부러울 것이 하나도 없었다. 쏟아질 듯이 무수히 빛나는 별빛을 받고 두런두런한 정담을 들으며 살포시 잠이 들던 시절, 밤이면 횃불을 들고 가재를 잡아 화로에 구워 먹거나 된장을 풀어 끓여 먹는 것이 그 시절의 유일한 낙이었다.

찬바람이 불면 나뭇가지에 낚싯줄을 매달아 냇가에서
산 메기를 잡아 매운탕을 끓여 먹었다.

자연산 메기 미끼로는 닭 간이나 산지렁이를 꿉지만
특별히 메기가 좋아하는 건 따로 있다.
참깨에서 서식하는 깨벌레(깻망아지)가 그것이다.

우리 집에는 식구가 많았다. 방 한 칸에 일곱 식구가 사는 탓에 항상 조용한 날이 없었다. 외양간에는 소들이 북적였고, 그 옆엔 염소 90여 마리와 닭장에는 알을 낳고 울어대는 닭들로 가득했다. 소는 우리 집 재산 증식의 1호였다. 소를 팔아 자식들 공부 가르치고, 닭과 알을 팔아 차비를 대였다. 백구는 집을 지켰다. 백구는 귀신을 본다고 했듯 참 영리했다. 꿩, 산비둘기, 오소리, 산토끼 등을 잡아와 식구들 입을 즐겁게 해주었다.
한밤중만 되면 깜깜한 시골집 천장과 방구석으로 으레 찾아

들던 불청객. 어릴 적 나도 그걸 경험해 봤다. 쥐는 자유분방하다. 인간들의 윤리나 룰 따위엔 아랑곳하지 않고 온 천정을 릴레이하듯 헤집는다. 벼루의 먹물을 몸에 묻혀 성현의 문자가 적힌 책장에다 왕희지가 처음 만들어 썼다는 서수필(鼠鬚筆, 쥐수염 붓)인 양 찔끔 낙서까지 한다.

이를 대비해 고양이 한 마리를 얻어다 키웠다.
고양이는 쥐를 잡았다.
이런 쥐를 잡으면 식구들에게 자랑을 하고 나서야 머리부터 먹었다.

안방 윗목에는 수숫대로 엮은 발을 두르고 그 안에 고구마를 쟁였다. 고구마는 천정에 닿을 정도로 가득했다. 겨우내 먹을 주전부리 대부분을 차지한 고구마와 겨울 한 철 동안은 한방에서 기거했다. 아버지는 쇠죽솥 아궁이의 장작불이 잦아들면 고구마를 구워주었다. 겉은 숯처럼 까맣게 탔으나 속살은 노란 군고구마, 입술에 숯검정을 묻혀가며 달게 먹었다. 쌀, 보리가 귀한 강원도 지방은 옥수수와 고구마가 유일하게 세끼 식사였다. 엄마는 저녁마다 고구마를 삶아 함지박에 담아 방문 앞에 갖다두었다. 새벽에 눈 뜨자마자 문밖의 함지박을 들여놓고 아랫목에 모여앉아 고구마를 먹었다. 반짇고리를 앞에 두고 바느질을 하던 엄마는 동치미 국물을 떠다주었다. 얼음이 서린 동치미 국물을 후후 불어가며 마셨다. 밤새 영하의 기온으로 차가워진 고구마와 얼음이 둥둥 뜬 동치미 국물을 마시고도 감기를 모르고 자랐다. 달게 먹은 음식은 아마도 약이 되었나 보다.

겨울 찬 바람에 문풍지 떨던 날 아버지가 시장에서 놋화로를 사오셨다. 이전에 쓰던 질화로는 귀가 나가고 금이 가 철사로 대충 부서지지 않도록만 붙잡아 매어 쓰던 상황이라 놋화로는 그 매끈하고 날렵한 외양만큼 우리 겨울을 든든히 지켜줄 것으로 기대가 컸다.

하지만, 쉽게 달아오르고 쉽게 식는 그 성질 때문에 두어 번 놋화로 손잡이 언저리에 손을 데고 난 후 더 이상 겉이 매끄럽게 생긴 것에 대한 환상을 가지지 않게 되었다. 지금도 절박하고 투박한 것에 대해 남다른 애착이 그 부서져 간 질화로에서 기인했는지 모른다.

어느 해, 우리 마을에 매우 큰 우박이 소나기처럼 30분간 내린 적이 있다. 옛날 10원짜리 왕사탕만한 얼음덩이가 삽시간에 마당에 수북이 쌓였고, 슬레이트 지붕이 깨지기도 했으며, 들에 있던 동네 어른이 우박세례에 병원 신세를 지기도 했다. 과수원에 있는 과일은 모두 낙과했고, 논농사며 채소농사며 하나도 남은 것이 없었다. '폐농'이라는 표현보다 더 적절한 표현은 없었으니까. 새마을 운동이 한창이던 그때 정부에선 취로사업(길 만드는 사업)이라는 명목으로 임금을 통해 손실을 보상해 주었고, 아이러니하게도 우박 덕택에 집 앞까지 자동차가 들어오는 신작로가 생겼다. 그 길을 통해 시내의 중학교로 통학을 시작했던 시기도 바로 그 무렵이었다.

촌놈이 도시 물을 먹으면서 옛날 소중했던 것들과 아름다운 것들, 그 자연이 주는 꾸미지 않는 행복을 서서히 잊기 시작했고, 성인이 되어 직업전선에 뛰어들면서 앞만 보고 달리느라 뒤를 돌아볼 여유가 없는 것이 나 자신을 다시 한 번 알게 됐다. 하지만, 그래도 시골의 자연이 주는 혜택이 나의 삶을 윤택하게 했으며, 남들보다 많은 생각거리를 주었고, 지금도 살아가는 잠재된 원동력임을 믿어 의심치 않는다.

[밤골횟집으로 변한 옛 고향 집]

제1장_내려옴의 미학

독서와 여행

"독서는 앉아서 하는 여행이고, 여행은 걸어 다니면서 하는 독서이다."라는 말씀이 있습니다. 여행과 독서는 내가 가보지 못하고 경험하지 못한 것에 대한 인식의 틀을 열어주는 문이며, 내면으로 스미는 지식을 쌓는 행위입니다. 그 행위를 통해서 지혜가 깊어지고, 인격이 다듬어지며 깊은 통찰력을 갖게 되고, 나날이 성숙해져 갑니다.

여행과 독서는 이렇듯 많이 닮아있나 봅니다. 책을 많이 읽은 사람과 여행을 많이 한 사람과의 대화는 언제나 즐겁습니다. 그 마음이 지혜로 충만하며 타인에게 열려있기 때문이지요. 아이를 훌륭하게 만들고자 한다면 지금 책꽂이에 꽂혀있는 책이 어떤 것인가를 살펴봐야 합니다. 그리고 좋은 책으로 조금씩 책장을 채워가며 함께 읽는 습관을 길러가야 합니다.

옛말에 "독만권서 행만리로(讀萬券書 行萬里路)"라는 말씀이 있습니다. 즉 "만 권의 책을 읽고, 만 리를 여행하라."라는 의미입니다. 만 권의 책을 읽는 것과 만 리를 여행하는 행위는 결국 한 권 한 권, 한 걸음 한 걸음이 모여서 이뤄지는 결과임을 겸허하게 받아들일 필요가 있습니다.

"저는 책을 살 때마다 미안한 마음이 들어요. 책 한 권이 만원, 이만 원 하는데 '저자가 이 책 한 권을 쓰는데 얼마나 많은 힘을 쏟고 얼마나 많은 고생을 했을 텐데 내가 단돈 만 원에 어떻게 이 사람의 사상과 생각을 가질 수 있을까?' 하는 생각이 들거든요."

전 숙명여대 한영실 총장님의 말씀입니다.

왕이 왕관을 쓰려면

king &princesses mountaineering club
왕과 공주들의 산악회입니다.

어원은 이렇습니다.

왕이란 왕의 체통을 지켜 이 나라를 지키란 뜻이고, 공주는 신하들과 화목한 분위기 속에 궁궐에서 어리광과 애교를 부리며 논다는 뜻입니다. 왕과 공주들의 산악회는 제가 2011년 1월 산악회 카페매니저를 할 당시 지은 산악회명입니다.

[왕과 공주들의 산악회]

영국 격언에 다음과 같은 말씀이 있습니다.

"One who wants to wear a crown bears the crown."

"왕관을 쓰려면 먼저 왕관의 무게를 견뎌야 한다."

사람들은 왕관을 쓰고 난 후의 아름다운 모습만을 떠올릴 뿐, 왕관을 쓰기 위한 노력이 얼마나 많이 필요한 것이며 왕관을 쓴 후 그 책임감이 얼마나 큰 것인지를 생각하지 못하는 경우가 많습니다.

해마다 연말이 되면 1년 동안 썼던 감투를 내려놓으며 그 자리에 앉아 얼마나 충실하게 시간을 보냈는가 하는 것들에 대한 반성을 하게 됩니다.

자의든 타의든 직책을 맡는다고 하는 것은 그 왕관이 갖는 무게, 즉 책임감을 견뎌야 한다는 것을 의미합니다. 왕관이 주는 화려함과 대표성이라는 조그만 권위에 심취하여 겸손함으로 조직원들을 섬기고, 전체를 위하여 자신을 희생하고 공동의 목표를 위하여 책임감 있게 일해 왔는지 반성합니다.

왕관을 감당한다는 것은 결국 해결 방안이 자신에게 있다는 것을 의미합니다. 나의 그릇이 작거나 금이 가거나 찌그러지지 않았는지, 그리하여 중요한 내용을 담을 수 없는 상태는 아닌지 스스로를 돌아보아야 합니다.

생김의 다양성만큼이나 사람은 누구나 감당할 수 있는 능력이 다릅니다. 그것이 왕관 앞에서 무리하게 욕심내어서는 안 되는 이유이고, 왕관을 썼다면 그 책무에 충실하여야 할 이유입니다.

내년부터는 왕관보다는 무관을 꿈꾸어봅니다. 튀는 앞자리가 아니라 순수한 조직원의 모습으로 살아가는 것을 희망합니다. 화광동진(和光同塵)의 진정성이 꼭 앞자리에만 있는 것은 아니기 때문입니다.

인생은 어차피 회자정리(會者定離)요, 거자필반(去者必返)입니다. 만남에는 헤어짐이 정해져 있고, 간 사람은 반드시 돌아올 것입니다.

이 뜻은 인간관계에서의 무상함과 세상일에는 덧없음을 의미하는 글로 받아들입니다.

사람과의 인연

모든 나무는 엄동설한 추위 속에서 긴긴 겨울을 인내하고 살고 있습니다.

그 아름드리로 성장한 나무를 보면서 저토록 장대한 몸체를 갖고도 수백 년의 풍파를 견딘 채 우뚝 솟아있기까지 나무는 얼마나 굳세게 땅속에 뿌리를 뻗어 내렸을까요? 눈에 보이지 않는 노력에 경의를 표합니다.

말없이 자신을 지키고 키워내는 자연을 보면서 개울과 강을 생각합니다. 바닥이 얕은 개울은 큰 소리를 내며 흐르지만 깊이를 알 수 없는 강은 소리 없이 흐릅니다.

그래서 톨스토이는 이야기하지요.
"깊은 강의 물은 돌을 던져도 흔들리지 않는다. 타인의 무례한 말에 상심하는 사람은 깊은 강이 아닌 진흙탕 웅덩이인 셈이다."

사람과 사람이 만나는 것은 개울이 개울을 만나는 것과 같습니다. 즉, 사람은 개개인이 개울로 흐르다가 만남을 통해 깊은 강을 이루는 것이지요.
우린 진득하지 못하고 작은 일에 일희일비할 때가 많습니다.

좀 더 깊이 생각하지 못하고 현상에만 매달려 쉽게 생각하고 쉽게 판단합니다.

오랜 세월 속에서 익어간 묵은 장맛이 깊게 마련입니다. 깊은 강은 소리 없이 흐르는 것이며, 달관한 삶을 가진 사람이 너그러울 수 있습니다.

위대한 지도자는 자신의 마음을 쉽게 드러내지 않습니다. 그냥 유유히 흐르는 강처럼 도(道)의 흐름에 맡겨 삶을 살아갈 뿐이지요.

그 꾸미지 않는 진솔함이 멋진 인생을 만들어줍니다.

오르막과 내리막

아침에 일어나서 하루 종일 직장생활을 하다가 피곤한 몸을 이끌고 저녁때 다시 집으로 돌아가는 일상은 보통 시민들이 매일을 사는 방법입니다. 길이란 오르막도 있고, 내리막도 있을 것이며, 울퉁불퉁하기도 할 것인데 중요한 것은 모든 오르막과 내리막은 정확히 비긴다는 사실이지요. 오르막만 존재할 수도 없는 것이고, 내리막만 있을 수도 없는 일입니다.

저는 5년 전만 하더라도 한북정맥 8개의 지맥에 도전했습니다. 8개 지맥 중 명성지맥, 천마지맥, 왕방지맥, 명지지맥, 화악지맥, 감악지맥은 도전에 성공했으나 그 후부터 산을 게을리한 탓인지 수락지맥, 오두지맥은 다음으로 연기를 했지요. 코스가 제일 긴 지맥은 명성지맥으로, 무려 52km나 됩니다. 아침 6시에 산에 오르기 시작하여 새벽 3시까지 산행한 후 비박을 거쳐 오후 11시에 하산하지요. 정말 극기 중의 극기 훈련이며, 나 자신의 체력 테스트라 할 수 있습니다. 지맥 종주는 강인한 정신력과 체력이 없다면 이루어 낼 수 없는 종주이지요. 숨이 턱까지 차고 입에는 거품을 물고 다리는 점점 무거워지고, 힘에 겨운 오름의 끝에는 그만큼의 내리막이 자리하고 있습니다.

『맹자』의 『진심장』에는 다음과 같은 구절이 있습니다.
"궁즉독선기신(窮則獨善其身)하고 달즉겸선천하(達則兼善天下)"
"어려울 때는 홀로 수양하는 데 주력하고, 일이 잘 풀릴 때에는 세상에 나가 좋은 일을 한다."라는 의미의 문장이지요.

상황이 불리하다는 것은 관계가 어려워진다는 것을 의미합니다. 그럴수록 내면을 잘 가꾸어 도(道)를 온전히 지켜야 하고, 홀로 자기의 몸을 수양하는 데 힘써야 합니다.

그리고 일이 잘 풀리게 되면 온 천하 사람에게 널리 선(善)한 일을 베풀어야 합니다. 잘나간다고 해서 우쭐하거나 교만해서는 안 되는 것이며, 주변과 잘 더불어야 하고 베풀고 살아야 합니다.

사람은 편안할 때보다 힘들 때 정신세계가 더 맑아지는 특징을 갖고 있습니다. 산에 오를 때는 많은 생각을 하게 되지만, 내려올 때는 별생각 없는 경우가 많은 이유이지요. 그래서 잘 지은 대학은 지리적으로 가장 높은 곳에 도서관이 있습니다.

삶과 죽음이 공존하는 것처럼 오르막과 내리막도 공존하는 것입니다. 오늘 내가 하는 일이 어려움에 처했다고 해서 좌절할 필요가 없는 것이며, 성공의 열매를 만끽하는 순간이라도 자만해서는 안 되는 것입니다.

그리고 중요한 것은 지금 인생의 고배를 들고 어려워하는 사람들에게 힘은 되어주지 못할망정 그들을 함부로 판단하거나 업신여겨서는 안 된다는 사실입니다.

깡통을 채워주지 못할망정 있는 깡통마저 발로 차버리는 행위는 어떠한 경우라도 정당화될 수 없을 뿐더러 업신여김을 당해도 좋은 인생은 존재하지 않기 때문입니다.

한 줌의 흙

우리는 지구를 'Earth'라고 표현합니다. 그런데 'Earth'라는 단어 안에는 흙이란 뜻도 들어있습니다. 흙이란 지구의 껍질을 이루는 부분으로 암석이 풍화되거나 유기물의 분해된 물질로 만들어집니다.

우린 흙에서 태어나 흙으로 돌아갑니다. 그것을 환토관(還土觀)이라고 하지요. 늘 흙에 붙어살면서도 우린 흙에 대하여 잘 알지 못합니다. 어쩌면 수광 년 떨어진 별보다도 이해가 떨어지는 경우가 많습니다.

우리 민족은 예로부터 농사를 주업으로 살아왔습니다. 농사는 주로 흙을 매개로 이루어지는 것이니 예로부터 흙은 어머니와 같은 존재였으며, 숭배의 대상이기도 했습니다. 사직(社稷)이라는 말이 땅의 신과 곡식의 신을 의미하는 것이니까요.
하늘은 감찰적 성격을 갖고 있어 두려운 존재로 차갑게 느껴지지만, 땅은 포용력을 갖춘 대상으로 따뜻하게 느껴집니다. 어쩌면 하늘은 지배층을 상징하고 땅은 피지배층인 서민을 의미하기도 합니다.

생각이라는 것을 한자로 '思'라고 표현합니다. 그것을 분해하면

'田'과 '心'으로 나눌 수 있지요. 즉, "마음의 밭을 다스린다."라는 의미가 있습니다. 이 밭 역시 흙으로 이루어진 것이니 흙의 중요함을 알 수 있습니다.

한 줌의 흙 안에는 지구상에 살아가는 인류의 숫자보다도 훨씬 더 많은 미생물이 살아갑니다. 그중 대부분은 이름이 밝혀지지 않은 것들이지요. 미생물뿐 아니라 농산물의 생산기지를 담당하는 것이 흙인데 요즘은 풋풋한 흙이 건조한 땅으로 해석되고. 심지어 돈을 의미하는 숫자로 환산되어 표현되기도 합니다.

인류 문화의 태동기부터 토기로, 집이나 담의 벽으로, 기와나 성의 재료로 가장 폭넓게 사용된 것이 흙입니다. 우리나라 식량 자급률이 22.6%밖에 되지 않는데도 우린 흙을 옷에 묻으면 안 되는 오물로 밖에 인식하지 않는 사람이 많으니 문제입니다.

우린 '흙'이라 쓰고, '포용력'이라 읽습니다. 심지어 오물을 흙에 버려도 흙은 그것을 받아들이고 분해하고 정화하여 다른 생명의 원천으로 만들어 줍니다.

우린 흙길에서 건강을 찾기도 합니다. 대지가 발산하는 기운을 맨발로 느끼며 햇빛과 바람이 만든 세월의 깊음이 스며있는 흙의 에너지를 흡수하여 자연과 하나가 되는 것은 건강한 삶의 기본입니다.

금수저니 은수저니 흙수저니 하는 말 중에서 천대받는 위치에 있긴 하지만 낮은 위치에서 본분을 다하는 흙이야말로 우리가 닮아가야 하는 대상임에는 틀림이 없습니다.

씨앗을 꺼내며

날이 하루가 다르게 길어져 갑니다. 양지바른 곳에는 이름 모를 풀들이 오랜 겨울잠에서 기지개를 켭니다. 계절의 순환구조를 잊지 않고 철마다 새로움을 전해주는 풀들…. 어쩌면 사람들은 풀꽃을 닮았습니다.

춘풍이 부는 들판에…, 눈 녹은 산골짜기에…. 나무는 나무대로 풀은 풀대로 어울려 오순도순 살아갑니다. 그 모습이 참으로 정겹게 느껴지지요. 하늘을 향해 올려다보아야 하는 큰 나무보다는 고개 숙여 만날 수 있는 작은 풀꽃이 더 정겹게 다가옵니다.

우리가 살다가는 이 세상은 순간순간 기쁨으로 채워진 눈부신 선물입니다. 또한, 자신의 존재 이유를 침묵으로 증명하며 어느 한순간도 쉬지 않는 꾸준함을 지키는 풀꽃이야말로 세상을 조화로움으로 이끄는 성자의 모습입니다.

봄바람은 손에 잡히지 아니하고 눈으로 보이지 아니하여도 온몸으로 느낄 수 있는 것이며, 봄의 향기 또한 시각과 촉각으로 느낄 수는 없어도 코끝으로 느껴지는 자연의 향기입니다.

지난해 받아 놓은 꽃씨를 꺼내봅니다. 아직 베란다에 심기는 이른 계절이지만, 그 딱딱하고 앙상한 작은 씨앗이 싹트고 성장하여 멋스러운 꽃을 피워올린다는 것은 상상하기 쉬운 일이 아닙니다.

낙락장송도 처음엔 작은 씨앗이었을 겁니다. 작은 씨앗을 앞에 놓고 심고 물주고 가꾸고 길러 큰 열매를 맺는 과정을 상상합니다. 그것이 중요하게 다가오는 것은 어쩌면 사람을 기르는 것과 다르지 않기 때문일는지 모릅니다.

장수하는 비결

저희 부친은 93세에 돌아가셨습니다. 돌아가시기 전까지 치아가 튼튼하여 평생을 치과에 다니는 일이 없었습니다. 그리고 젊을 때부터 반주에 약주를 빠트리지 않고 2잔씩 드시곤 했지요. 아버지의 장수에는 다른 이유가 많겠지만 그중에서 몇 가지만 예를 들겠습니다.

항상 맑은 공기를 마시고, 좋은 샘물을 마시고, 건강에 좋은 생활 습관과 산약초를 즐겨 드시고, 느긋한 마음을 갖습니다. 그리고 웬만해서는 차를 적게 타고 많이 걷습니다. 담배는 입에 대지도 않습니다.

옛날에는 60세까지 살면 여한이 없겠다 하셨는데 근 33년을 넘게 덤으로 사셨던 것이지요.

평균수명 100세 시대가 실감이 납니다. 매일경제신문에 의하면 국민 10명 중 4명은 다가올 100세 시대를 축복으로 생각하지 않는다고 합니다. 노년기가 너무 길어지고, 빈곤과 질병, 고독과 소외 등 각종 노인 문제를 안고 살아야 하기 때문이지요.

물론 장수는 누구나 희구하는 일이겠지만 무의탁 노인이나 생활고로 휴지 줍는 노인, 병들고 힘없고, 치매에 정신이 오락가락

하는 분들도 점차 늘어가고 있는 것이 사실입니다.

국가는 그들을 위해 기초노령연금이나 복지시설을 확대하려고 무진 애를 쓰고 있지만, 늘어나는 노인층을 감당해내기는 쉬워 보이지 않습니다. 자식에게 짐이 되지 않고 건강하게 살다 가는 것은 모든 노인의 공통된 희망이지만 현실은 마음먹은 대로 흘러가는 것도 아닙니다.

영국의 역사학자 아놀드 토인비는 이런 말을 했습니다.
"장차 한국이 인류에 기여할 것이 있다면 그것은 바로 효(孝) 사상일 것"이라고 말이죠.
세계적 자랑거리였던 우리의 효 사상이 지금은 노인을 학대하거나 함부로 대하는 반인륜적인 행태로 많이 퇴색되고 있으니 안타까운 일입니다.

초고령화로 들어가고 있는 우리나라는 노인 빈곤율이 45%로, OECD 국가 중에서 가장 높다고 합니다. 의학의 발전으로 수명은 점점 길어지는데, 노후가 걱정되는 노인들의 한숨도 점점 깊어만 갑니다.

100세 시대가 재앙이 되지 않으려면 우리의 孝 문화를 되살려야 합니다. 노인을 공경하고, 일자리를 만들어드리고, 노인복지를 위해 애써야 합니다.

사회적 현상은 하루아침에 일어나는 것이 아닙니다. 꾸준한 방향성을 갖고 점진적으로 진행되는 것이 특징이지요. 그 누구도 겪어보지 못한 평균 100세 시대.

문제를 정확히 인지하고 준비를 잘하는 것만이 아름다운 노년을 보장해 줄 수 있을 것입니다.

춘천을 다녀오세요

춘천에는 나의 어린 시절과 성장기의 많은 시간들. 비록 가난하게 살았지만 순수했던 일상들이 소중하게 접혀있습니다.

소양 1교를 건너면서 물안개 자욱하게 피어올라 자못 환상적인 분위기를 연출하는 파스텔톤의 세상을 보면서 그 도시만이 줄 수 있는 멋스러움에 흠뻑 취하곤 합니다.

湖畔(호반)은 호숫가를 의미합니다. 의암댐(참고로 의암은 의병장 유인석 장군의 호입니다.)이 생기기 이전에 북한강에서 내린 강줄기를 '신영강'이라고 불렀고, 소양댐 줄기를 '대마직강'이라고 불렀습니다. 모두가 투명한 강가에 벌거벗고 자맥질하던 시절의 이야기이고 보면 지금은 두 강이 호수 아래 전설과 함께 말없이 잠겨있지요.

의암호는 명경지수(明鏡止水)란 말씀과 같이 고요함 맑은 거울과 같아서 모든 사물을 담아내지요. 그 고요함은 마음을 평화롭게 하고 흔들리지 않는 안락함을 제공하기도 합니다. 마음이 울적할 때 의암호를 끼고 인접도로를 한 바퀴 돌고 나면 마음이 호수를 닮아 참 평화스럽습니다.

춘천에는 명소(名所)가 많습니다. 남들이 멋스럽다고 느끼는 명소도 있지만 나름대로 추억이 깃들고 개인 역사의 기록이 만들어주는 의미 있는 곳도 있지요.

지금은 꽃샘추위라 을씨년스럽지만 서면 방동리에 있는 신숭겸 묘소에 다녀와 봄 직합니다. 우리나라에서 풍수지리적으로 대표적인 명당은 서울 사대문 안이랍니다. 춘천 서면에 있는 신숭겸 묘소도 명당 중의 명당으로 꼽고 있지요. 그 지세를 관찰하고 느끼기에는 봄만큼 좋은 계절도 없답니다.

『도이장가(悼二將歌)』라는 향가를 들어보셨는지요? 고려 16대 왕 예종이 김낙과 신숭겸을 추모하기 위하여 지은 노래이지요. 도이장가에는 '두 장수를 애도하며 지은 노래'라는 의미가 있답니다. 이 작품의 현대어 풀이는 다음과 같습니다.

"님을 온전케 하온/ 마음은 하늘 끝까지 미치니/ 넋이 가셨으되/
몸 세우시고 하신 말씀/ 직분(職分) 맡으려 활 잡는 이 마음 새로
워지기를/ 좋다, 두 공신이여/ 오래오래 곧은 자최는 나타내신져."

날씨가 풀리면 가족과 연인 친구와 함께 가까운 서면 나들이
를 해보는 것도 참 좋을 듯합니다.

내려옴의 미학

[2015년 1월 울산바위]

산행에도 기준이 있습니다. 대부분 등산로는 힘들게 올라가 편하게 내려오는 길을 잡게 됩니다. 이는 산에 올라가는 것보다는 내려오는 것이 더 어렵기 때문입니다. 대부분의 산악 사고는 등산길보다는 하산 길에서 발생하니 말입니다.

명성을 얻는 것보다는 내려놓는 것이 더 어렵고
재물도 얻는 것보다 덜어내는 것이 더 어렵고
권력도 잡는 것보다 내려놓는 것이 더 어렵습니다.

교만하기는 쉬워도 겸손하기는 어려운 것이며, 개구리가 되기는 쉬워도 올챙이를 떠올리는 것은 쉽지 않은 일입니다. 사람은 누구나 할 수 있는 일을 하는 사람을 존경하지 않습니다. 남들이 하기 어려운 일에 솔선하고, 스스로 낮은 자세로 임하며 나를 낮추고 상대방을 높일 때 인격의 향기가 발하니 그런 사람을 존경하는 것이지요.

우린 열 달이란 기간을 어머니 배 속에서 인내한 이후에 세상에 태어났습니다. 하지만 죽음을 통하여 저세상으로 갈 때는 찰나의 순간밖에는 허용되지 않지요. 태어남이 오르막이라고 한다면 죽음은 내리막입니다. 그러니 내리막을 잘 준비할 필요가 있습니다.

제 잘난 맛에 사는 것이 인생이라지만 세월 앞에 겸손해야 하는 것이고, 자랑으로 떠벌리기에 앞서 겸허하게 돌아볼 수 있어야 합니다.

영고성쇠(榮枯盛衰)

큰 행복만이 행복이 아닙니다. 작은 것에서도 고마워하고 만족할 줄 아는 사람이라면 그 사람이 정말 행복한 사람 축에 속할 겁니다. 욕심 없이 주어진 일에 항상 감사하며 열심히 그리고 즐겁게 살아가는 사람이 제일 행복한 사람이라는 생각이 듭니다.

불교 경전인 『인과경(因果經)』에 이런 말이 있습니다.
"자기가 지는 업보는 자기가 받고, 자신이 뿌린 씨앗은 자신이 거둔다."
좋은 인연을 가지면 좋은 결과를 가져올 수 있고, 나쁜 업보를 지으면 악한 업보를, 곧 인과응보를 가져오기 마련입니다.

무엇이든지 기필코 성취하겠다는 뜻과 의지를 가지면 반드시 성공할 수가 있을 것입니다. "'내게는 무리다.'라고 생각하고 단념해 버리기 때문에 모든 것이 무리한 것처럼 보인다."라고 합니다. 자신과 용기를 가지고 최선을 다하면 안 되는 일이 없다고 합니다.

가물어도 새벽에 이슬로 식물들이 목을 축이듯 좋은 말로 해서 상대방의 마음을 촉촉이 적셔준다면 그 좋은 말을 듣는 사람은 생명수를 받아먹는 것과 다를 바가 없을 것 같습니다. 자기 생각이 아무리 옳다고 생각되어도 상대방을 생각하고 조정할 줄 알아야 할 것입니다.

중국 송나라 학자 송강절은 "지난날 내 것이라고 했던 것이 지금은 오히려 저 사람 것이 되었네. 오늘의 내 것이 또 뒷날 누구의 것이 될 것인지 지금의 내가 어찌 알 것인가?"라고 했습니다. 세상은 돌고 도는 게 이치인지라 허욕을 가져서는 아니 될 것 같습니다.

나무는 가을이 되어 잎이 모두 떨어진 뒤라야 꽃피던 가지와 무성하던 잎이 다 헛된 영화 같았음을 알게 된다고 합니다. 마찬가지로 사람은 죽어서 관뚜껑을 닫기에 이르러서야 자식과 재물이 쓸데없음을 느낀다고 합니다. 식물이나 사람이나 마찬가지인가 봅니다.

꽃이 피었다 지고, 융성했다가 쇠퇴하고, 세상 모든 일이 흥하고 망함을 거듭하는 이치를 가리키는 영고성쇠(榮枯盛衰), 세상일은 늘 좋을 수만도 없고 또 늘 나쁜 것만도 아니죠. 좋은 일과 나쁜 일이 앞서거니 뒤서거니 하며 나타나는 게 세상 이 치이니까요.

추천하고 싶은 산

우리나라 100대 명산 중 설악의 작은 공룡이라 불리는 해남 주작·덕룡산을 소개합니다. 해발 429m로 그리 높지는 않습니다. 그렇다고 만만히 볼 수 없으며, 깎아지른 듯한 기암절벽과 야생화, 초원, 억새, 설화 등 계절별로 산세가 아름답기로 유명한 산 이지요.

우리가 전국에서 진달래 명산이라 하면 강화 고려산, 창원 무학산과 천주산, 여수 영취산, 달성 비슬산, 거제 대금산, 해남 주작·덕룡산을 뽑을 수 있지만, 그중에서 가장 으뜸은 해남 주작·덕룡산이라 감히 말할 수 있습니다.

주작산은 당일 코스로는 적격이나 무박으로 덕룡산까지 도전해 보는 것도 나쁘지 않다고 봅니다.

주작산은 암릉 따라 오소재까지 이어지는 능선엔 봄이면 진달래가 칼날 같은 암릉과 바위지대와 어우러져 산악인들의 감탄사에 발걸음을 멈추게 하는 산이기도 하지요. 곳곳에 길게 암릉을 형성하고 있어 멋진 남해 조망을 제공하고 산행에 재미를 더하지만 때때로 위험한 구간이 도사리고 있어 조심해야 할 필요성이 있다고 봅니다. 날카롭고 거친 암릉도 만만치 않아 굳이 맨발로 산행하는 것은 추천해 드리고 싶지 않습니다.

진달래가 피면 능선 곳곳의 바위 암릉이 온통 빨갛게 물든 것처럼 바위와 어우러진 환상의 진달래 산행을 할 수가 있습니다.

그 옆 만덕산은 강진읍 남쪽에 있는 높이 409m의 야트막한 산이지만, 안으로 파고들면 암팡지고 아기자기한 데다 능선에는 상당한 크기의 암석들이 많으며, 그윽한 정취마저 넘치는 산입니다.

산기슭에는 천년고찰 백련사와 조선 말기의 실학자 다산 선생의 실학 정신이 깃들어 있는 다산초당 등 역사적 자취를 더듬어 볼 만한 곳이 있어 등산과 유적지 답사를 겸한 산행으로는 제격입니다.

만덕산 하면 '氣'가 좀 센 산으로 알려져 있지요. 예전에 사업 실패한 사업가가 죽으려고 찾았다가 '氣'를 받아 사업에 성공했다는 일화가 전해지면서 사람들이 찾기 시작했습니다. 산은 그리 높지 않으나 기풍이 당당하고 암릉과 육산으로 이루어져 있어 가다 쉬다를 반복하는 산이기도 합니다.

만덕산 정상 깃대봉에서의 조망은 멀리 해남 달마산과 월출산 그리고 호남정맥인 두륜산, 주작산, 덕룡산, 만덕산까지 지맥이 이어져 백련사에 살포시 둥지를 튼 형국입니다. 동백 숲과 어우러진 차밭이 아름다운 강진 만덕산은 1,500여 그루에서 피어나는 동백꽃들이 강진만과 조화를 이루며 한 폭의 동양화를 그리고 있습니다. 백련사에서 나지막한 산언덕으로 난 오솔길을 넘으면 다산 정약용이 유배와 머물던 다산초당이 있습니다.

'다산'은 원래 차나무가 많은 만덕산의 별칭인데, 차를 유달리 좋아했던 정약용은 만덕산 자락의 초당에 머물면서 자신의 호를 다산으로 지은 겁니다.

호젓했던 그 산길은 이제 사람들의 발길이 잦아 많이 넓어지긴 했어도 동백나무와 차나무가 어울려 있어 봄날 정취를 즐기며 걷기에 부족함이 없습니다.

강추합니다!
"산을 움직이는 자는 작은 돌을 들어내는 일로 시작한다."
공자의 말씀입니다.

[2015년 4월 주작산]

대가성 없는 돈

오래전에 어느 서적을 뒤져보니, 인류 역사상 가장 뛰어난 책들은 경(經)이라고 불립니다. 『성경』, 『불경』, 『사서삼경』이 대표적인 예이지요. 그다음으로 뛰어난 책을 전(傳)이라고 부릅니다. 시전, 서전 등등의 표현이 있습니다. 이 둘을 통칭하는 것을 경전(經傳)이라고 합니다.

또한, 성인(聖人)이 지은 것을 경(經)이라 하고, 현인(賢人)이 지은 것을 전(傳)이라 합니다. 경전에 버금가는 참 훌륭한 책 가운데 『사기』가 있습니다. 그 열전조에 보면 공의휴 선생님에 관한 이야기가 있지요.

노나라 재상으로 있던 공 선생은 손님 중 한 사람에게 생선을 선물받습니다. 그러나 그는 생선을 돌려주면서 다음과 같은 이야기를 합니다.

"나는 생선을 좋아하기 때문에 받을 수 없소. 지금 난 재상의 벼슬에 있으니 스스로 생선을 살 수 있소. 그런데 만약 생선을 받고 벼슬에서 쫓겨난다면 생선을 다시 맛볼 수 없을 테니 말이오."

해외 진출한 기업인들 가운데 후진국에서 겪은 일 중 공통으로 하는 말이 있습니다. "뒷돈을 주면 안 될 일도 되더라."라는 표현이지요. 옛날부터 관례로 되어온 말입니다.

국경을 넘나드는 다국적 기업이 대세인 세상에서 한 나라의 청렴도는 국가 경쟁력을 좌우하는 요소가 되고 있습니다.

어제오늘 일이 아니지만, 신문이나 뉴스를 보면 짜증 나는 게 한두 가지가 아닙니다. 가끔 높으신 양반들이 상당히 큰 액수의 돈을 꿀꺽하고는 습관처럼 하는 말이 있습니다. "대가성이 없이 받은 돈입니다."라는 표현이 그것이지요. 참 지나가던 개가 웃을 일입니다.

정말 대가성 없는 것은 거지에게 적선해 주는 돈과 같은 것입니다. 몇억을 기부했다고 하더라도 거기에는 착한 사람의 이미지를 돈 주고 구매한 것이니 대가를 받은 것이나 진배없지요. 단돈 10원이라도 대가성이 없다는 것은 말이 되질 않습니다.

마지막으로 채근담의 내용을 적습니다.

"참된 청렴은 청렴하다는 이름조차 없어야 한다. 그런 이름을 얻으려는 것부터가 탐욕이 있는 것이다. 참으로 큰 재주가 있는 사람은 별스러운 재주를 쓰지 않으니 교묘한 재주를 부리는 사람은 곧 졸렬한 것이다."라고 되어있습니다.

경자년 한해가 시작입니다. 주위에 어렵게 사는 사람들에게 말 한마디라도 따뜻하게 해주는 것이 그들에게는 희망을 안고 살아갈 힘이 될 것입니다.

"전부를 취하면, 전부를 잃습니다."

—팔만대장경

삶은 익음입니다

아지랑이 아른대는 대지가 풋풋함으로 손짓하는 봄입니다.
나뭇가지 끝마다 물오른 봄기운이 넘실대고
남녘으로부터 들려오는 꽃소식은 건조했던 마음을 설레게 합
니다.

세월은 이렇듯 변함없이 우리 곁을 지키고
말없이 대지를 일깨우고 식물을 길러냅니다.
자연의 위대한 섭리를 이제 막 싹 틔운 작은 씨앗에서도
느낄 수 있다는 것은 행복입니다.

이제 잠 깬 식물은 성장이 보이지는 않지만
꾸준히 자라 꽃을 피우고 열매를 맺습니다.
유전자 속에 기억된 시간이 되면 저마다 일 년의 결실을 남기고
또 쓸쓸히 역사의 뒤안길로 사라지겠지요.
그것이 존재의 이유이고 생명의 순환입니다.
하루하루가 지나간다는 것은 나이가 들어간다는 의미이고
결국 하루하루
늙어간다는 뜻이겠지만 어쩌면 늙어간다는 것은 익어가는
것이라고 할 수 있습니다.

식물이 세월 속에서 깊은 울림으로 속살을 찌우고
완성도 높게 열매를 익혀 내려놓듯이
우리도 시간 속에서 잘 익은 사람이 되어야 합니다.

와인은 오래될수록 깊은 향과 맛을 냅니다.
친구도 오래된 친구가 정겨운 것이고
담금주도 오래될수록 약성이 뛰어난 것이고
오랜 세월 항아리에서 숙성된 묵은지가 곰삭은 맛을 냅니다.

오래되었다고 해서 닳고 헤져서 볼품없는 것이 아닙니다.
손때 묻어 반질반질한 지팡이가 내 몸의 일부처럼 느껴지는
것처럼
세월 속에서 정이 더 가고 끈끈한 마음이 드는 것들이 많습니다.

봄의 문턱에서 늙음을 이야기하는 것이 상황에 걸맞은 것이
아니라는 것은 알지만
문득 마음이 깊어지고 싶은 날….
오래된 구두의 편안함처럼 그런 사람이 되고 싶다는 생각
이 듭니다.

나이 먹는 것이 슬픈 세상이 된 것은 기성세대의 잘못이 아닙니다.

　그러니 늙음에 연연하지 말고 스스로를 잘 여물게 할 필요가 있는 것이지요.

　그것이 인생을 맛깔나게 살아가는 방법일 것입니다.

삼불가지(三不可知)

"세 가지는 알 수 없는 일이다."

김구는 나라의 해방을 그토록 염원했지만 해방된 조국에서 살아보지 못했고, 이순신은 나라를 위해 몸과 마음을 다바쳐 일본을 몰아냈지만 평화로운 조선에서 살아보지 못했습니다.

하루아침에 불치병·난치병 진단을 받은 대부분의 사람은 이렇게 이야기합니다. "고생고생하다가 이제 좀 살만한데 몹쓸병에 걸렸다."라고…. 노후를 대비한다고 변변한 휴가도 없이 일만 하다가 은퇴자금 한 번 써보지 못하고 덜컥 쓰러지기도 합니다.

사람은 언제(When), 어디서(Where), 어떻게(How) 죽음을 맞이할지 아무도 모릅니다. 그것을 삼불가지(三不可知)라고 하지요.

우린 살면서 죽음을 접할 기회를 별로 얻지 못합니다. 죽음이란 중환자실에서 이루어지는 비교적 비밀스러운 일이기도 하거니와 80평생에 단 한 번 경험할 수 있는 매우 희소한 일이기 때문입니다.

"삶과 죽음이 예 있으매."

월명사의 『제망매가』 첫 소절입니다. 보통 사람은 삶은 여기에 있고, 죽음은 저기에 있다고 합니다. 하지만 월명사는 이야기하지요. 삶과 죽음이 여기 있노라고….

가끔 장례식장에 문상을 갑니다. 가장 많이 듣는 이야기는 "아무것도 못 해줬는데…. 그 흔한 반지…. 사랑한단 말 한마디…." 대부분은 못 해준 것에 대한 회한의 마음이 많습니다.

화타 김영길 한의사의 『누우면 죽고 걸으면 산다』 내용입니다.

"누군가 당신에게 꿈이 무엇이냐고 물으면 뭐라고 답할 것인가? 재벌 총수만큼 돈이 많기를 바라는가, 대통령만큼 지위와 권력이 탐난다고 할 것인가, 아니면 유명 연예인처럼 인기가 있었으면 좋겠다고 하겠는가?

사람에 따라 꿈은 다르다. 하지만 도시에 살고 있다면 한 가지만은 똑같다. 답답하고 짜증 나는 도시생활에서 벗어나 시골에서 마음 편하게 살고 싶다는 꿈이다.

한마디로 오염된 공기, 중금속된 식수, 방부제 음식물, 짜증스럽기만 한 세상살이, 파렴치한 인간들…. 외치고 싶지 않은 사람들이 얼마나 될까?"

우린 가끔 인생의 마지막을 생각해야 합니다. 그리고 아낌없이 베풀고 인정하고 사랑해야 합니다. 죽음을 알면 삶이 더 귀해지기 때문입니다.

취농(就農)

우린 삶이 여유로워질수록 자연과 닮은 삶을 희구하게 됩니다. 도시에서 삶에 찌들어 살다가 혹은 은퇴 후의 삶을 위하여 농촌으로 들어오는 경우가 많습니다.

대부분은 귀농이라는 표현을 사용하지요. 귀농이란 농촌으로 돌아간다는 의미인데, 애초에 도시에 태어나서 자란 사람이 농촌으로 들어가는 것에 귀농이란 표현은 바람직하지 않습니다.

농사를 배우고, 기술을 공유하고, 나아가 농업을 생계의 수단으로 삼는 것은 취농이라고 표현해야 옳습니다.

물론 농촌 생활이 도시보다 육체적으로 힘들고 불편한 점이 많이 있지만, 자연의 변화에 맞춰 사는 삶 속에는 돈으로 살 수 없는 만족감이 있습니다.

사람은 어머니 배 속에 있는 자세가 제일 편하고, 인류 태초의 모습을 닮아가는 모습에 기쁨이 있습니다. 그것이 취농의 힘든 생활 속에서도 기쁨을 맛보는 이유이지요.

제1장_내려옴의 미학

고려산 산행 후기

사월산행 　어디갈까 　고민하는 　산대장들
심사숙고 　알아본다 　이리뛰고 　저리뛰고
백대명산 　종주코스 　가도가도 　끝이없고
남한국토 　칠십프로 　사천사백 　산도많다

안가본곳 　가야할곳 　이리저리 　궁리끝에
봄꽃산행 　즐겨찾는 　고려산이 　낙찰됐네
단잠으로 　잔탓인가 　새벽부터 　눈비빈다
마음속에 　출발시간 　아직까지 　남아있네

부푼가슴 　헐레벌떡 　건대역에 　도착하니
지각자들 　인원확인 　우왕좌왕 　야단법석
만나뵈서 　좋은사람 　서로간에 　인사하고
편안자리 　찾을려고 　이리갔다 　저리갔다

명당자리 　앉자마자 　목축인다 　안주달라
벌써부터 　술이갔네 　누가많이 　먹였는가
배고프다 　떡을달라 　왜이리도 　맛있는고
다음산행 　먹거리에 　기대하는 　회원님들

임원진들 인사하랴 멘트하랴 바쁜시간
출발한다 고려산아 기다려라 진달래야
단체사진 한방찍고 주섬주섬 베낭메고
앞서거니 뒷서거니 왁자지껄 기분좋네

올라가고 내려오고 발걸음에 흙먼지들
힘들구나 거친숨을 몰아쉬는 초보님들
쭉쭉뻗은 아름드리 솔길따라 능선길로
미끄럽다 맨발산행 한발한발 조심조심

길옆에는 무성하게 소나무들 푸르르고
가도가도 진달래밭 어느곳에 숨어있냐
이런맛에 산에올라 지친피로 푼다더냐
가는세월 가락실어 가는걸음 덩덕덩덕

가다보면 걷다보면 풀뿌리에 넘어져도
돌아갈곳 가야할곳 스트레스 풀고가세
맑은공기 들이키세 돈주고도 못마신다
환상세계 펼쳐지네 기분땡큐 얼쑤삐야

피톤치드 편백나무 너도나도 호흡조절
돌아보면 구름산천 만져보면 바람인걸
잡아봐도 가네가네 그렇게온 한세월이
늙어지면 그만인걸 인생무상 서글프네

비슬산과 영취산은 진달래가 한창인데
고려산의 진달래는 이제서야 몽우리네
속상하다 사기쳤다 누구에게 원망할꼬
기진맥진 힘이없네 다리까지 후들후들

영변인지 약산인지 기대만큼 실망크고
지나간일 생각하면 다시오냐 잊어먹세
자리펴고 베낭풀고 가지고간 모든음식
서로서로 나눠먹는 우정어린 산우님들

도토리묵 맛이있네 산상부페 차려졌다
거기에다 막걸리에 홍어회를 한잔하면
무릉도원 따로없네 신선이란 이런건가
멍석깔고 하늘보세 무엇인들 부러우냐

이것저것 한점씩만 먹고나니 배가불러
더이상은 못먹겠다 배딴지만 늘어난다
식사모두 끝이났다 쓰레기를 한데모아
아쉬움을 뒤로한채 잘있거라 고려산아

오월산행 철쭉꽃을 다시한번 기대하며
완벽하게 추진하자 심기일전 마음먹고
하산주가 기다린다 모듬회에 소주한잔
산우님들 고생했소 위하여를 외쳐보세

웃음으로 행복으로 일년이상 생명연장
팔다리가 멀쩡할때 도전정신 길러보세
고려산행 준비하고 수고하신 임원진들
안전운전 기사님과 같이산행 하신님들

너무나도 즐거웁게 재미있는 산행했고
봉사정신 그정신을 대대손손 남겨주어
끌어주고 밀어주는 산악인의 정신으로
마음속에 감사함을 모든님께 전합니다

2012년 4월 18일
왕과 공주들의 산악회 카페매니저 정운종

푸르름 닮기

"상송상청(霜松常靑)"이란 말씀이 있습니다. "서리 내린 후의 소나무가 더욱 푸르러 보인다."라는 말씀이지요. 어쩌면 요즘처럼 녹음이 방초를 이룬 초여름에 더 알맞은 말인지 모르겠습니다. 때가 되어 이미 이루어진 상태의 지각보다는 앞을 내다보는 식견이 더 가치 있기 때문이지요.

세상의 발전 추이가 너무 빨라 어지럼증이 납니다. 물질문명과 변화의 화두를 받아들고 나면 나이 듦이라는 것이 참으로 불편하다는 것을 점점 더 강도 높게 느끼게 되지요.

변화만이 진정한 진리인 것 같은 세상에서 어진 산은 닮고(仁山), 굳센 돌을 닮아(如石) 늘 변치 않은 모습도 큰 덕목의 하나라고 외치고 싶은 마음이 듭니다.

세상을 영악하게 살아내지 않아도 느린 듯하고, 바보스러운 듯하고, 어눌한 듯하고, 자기 몫을 챙기는 데 재주가 없어 보이는 듯해도 언제 만나도 좋은 추억 속의 고향 친구 같은 맛이 없고 덤덤하지만, 한결같을 수 있는 상청(常靑)을 감히 꿈꾸어 봅니다. 푸르름은 하늘을 닮아있습니다. 푸르름을 닮은 사람에게는 하늘 냄새가 납니다.

현자의 모습으로 세상을 사는 것도 좋지만, 굳이 누가 알아 주기를 바라지 않는 동양화의 여백 같은 삶도 상족할 수 있는 멋이 있음을….

진청(眞靑)이 못돼도 사청(似靑)이라도 되고 싶은 날에….

산악인은 말합니다.

몸이 아프면 지리산으로 가고, 그리움이 사무치면 설악산으로 가라.

[2014년 5월 설악산 대승폭포 앞에서]

사람이 개를 물면

개가 사람을 물면 뉴스거리가 되지 않지만, 사람이 개를 물면 뉴스거리가 됩니다. 이건 송건호 선생의 1979년 칼럼집 『무지개라도 있어야 하는 세상』에 나온 이야기입니다.

사람 속에는 특이한 현상이나 사실에 관심이 쏠리게끔 독특한 유전인자가 각인되어 있나 봅니다. 그러다 보니 인터넷이나 페이스북, TV뉴스에는 온갖 자극적인 내용이 넘쳐납니다.

기삿거리는 사회에 영향을 미치는 크기에 비례하지 않습니다. 어쩌면 아무 의미 없는 사실도 특이하면 충분히 기삿거리가 되는 것이지요. 그것이 알 권리와 교묘하게 버무려져 언론의 도마 위에 오르게 됩니다.

문제는 그 방향성에 있습니다. 우리가 사는 사회는 선량한 시민들이 성실하게 하루하루를 살아내는 것이 대부분일진대, 신문이나 매체는 우리 사회의 바늘 끝만큼도 안 되는 토막 살인이나 강도, 추행, 불륜, 뺑소니 등 이런 기사로 넘쳐납니다. 기사만으로 사회를 판단한다면 말세도 그런 말세가 없을 겁니다.

소말리아나 아프리카 그 빈약한 땅에서 기근으로 굶어 죽어가는 기사 아래에는 다이어트 광고가 대문짝만하게 실려 있는 경우도 많습니다.

따뜻한 사회는 구성원이 만들어가는 것입니다. 악행이 드러나고 선행이 묻히는 사회는 옳지 않습니다. 주변을 둘러보면 칭찬하고 감사하며 사랑이 충만한 기삿거리가 많음에도 관심 밖으로 치부되는 것은 안타까울 따름입니다.

기사뿐만 아니라 우리가 전하는 사소한 말 한마디라도 부정보다는 긍정이었으면 좋겠습니다.

정신과 물질

부처님 오신 날

저녁 뉴스를 보니 주요사찰에서는 부처님의 탄생을 축하하기 위해 많은 불자가 인산인해를 이뤘습니다.
우리나라는 산 좋고 물 맑은 곳엔 대체로 절이 위치하고 있습니다. 청아한 산새 소리와 물소리, 바람 소리, 전나무 열병하는 숲길을 지나 일주문을 거치면 선문도량의 장으로 들어설 수 있는 것이 대부분 우리나라 절의 구조입니다.

다른 나라의 불교문화를 둘러보더라도 유독 속세를 떠난 산속에 절이 위치하는 경우는 드뭅니다. 이는 스님이 산이 좋아 산으로 들어가거나 도를 닦으러 산으로 들어간 것이 아닙니다. 고려 시대 융성했던 불교가 조선 시대를 맞아 숭유억불 정책으로 인한 정부의 탄압을 견디다 못해 조정의 힘이 미치지 못하는 산으로 숨어 들어간 결과로 보는 것이 옳습니다.

아이러니한 것은 정치권력으로부터 각종 혜택을 받고 보호받으며 성장한 고려 시대보다 각종 냉대와 설움을 받은 조선 시대에 더 뛰어난 고승이 많이 배출되었다는 사실이지요.

정신문화는 물질적 풍요 속에서 발전하는 것이 아니라 고난과 결핍 속에서 더 위대한 업적을 남긴다는 것은 생각해 보아야 합니다. 특정 종교를 폄하하거나 의미를 훼손시킬 생각은 없지만, 정신문화를 선도해야 할 일부 종교단체들이 지나치게 세속에 물들어가는 것 같아 안타까운 마음이 듭니다.

종교단체가 잘 살아 봉사도 많이 하고, 구제도 많이 하며 사회에 기여한 일면을 무시할 수는 없지만, 그 반대의 경우가 너무 많아서 슬픈 세상입니다.

정신문화의 진수는 편안하고 안락함 가운에 빚어지는 것이 아니라 역경과 고난 속에서 정제되는 것임을 우리네 인생도 눈물 젖은 빵을 먹어보지 않고는 함께 논할 수 없는 것임을 부처님 오신 날을 보내며 생각합니다.

지난번 다녀온 백담사는 만해 한용운 선생님이 출가한 도량이랍니다. 절 구석구석에 '님'의 향기가 물씬 풍겼습니다. 불자가 아닌 제게는 염불과 목탁소리가 고즈넉한 풍경소리 너머 아련히 들려오는 소리는 마음을 참 맑고 경건하게 해주었습니다.

극락보전 옆엔 전두환의 처소가 있더군요. 4평 남짓한 방에 보잘것없는 침구와 세면기. 비슷한 세상을 살고 민족 앞에 우뚝 선 것은 같은데 그 결과가 왜 이렇게 다른지요.

[2014년 4월 공룡능선 오르기 전 백담사 앞]

제1장_내려옴의 미학

개구리 낚시

어릴 적 개구리 낚시를 해본 적이 있나요? 개구리를 낚기 위해서는 낚싯바늘에 풀이나 파리를 꿰어 끊임없이 움직여주어야 합니다.

개구리는 움직이는 대상을 보고 순식간에 혀를 내밀어 먹이를 낚아채게 되지요. 정지된 사물은 개구리의 인식에서 멀어지게 마련입니다.

논둑에 아무리 아름다운 꽃이 피어있어도, 오뉴월의 들꽃이 아무리 진한 향을 날려도 정지된 영상은 개구리에겐 아무런 의미가 없습니다.

우리네 인생도 개구리와 크게 다르지 않음을 느낍니다. 주변에 아름다운 것이 지천으로 널려있어도, 행복할 수 있는 여건들이 수두룩함에도 자신이 관심 있는 것만 보이고 느끼는 그런 존재이니까요.

아름다운 여자는 늘 뭇 남성들의 관심이 대상이 됩니다. 그러나 각론으로 들어가면 남자들은 각기 생각하는 여성의 이상형이 다릅니다. 그건 자신이 겪은 경험치와 만들어 놓은 인식과의 조화에서 얻어진 결과이지요.

요즘 산에 가면 산나물이 지천입니다. 고사리를 주로 꺾으려고 마음먹은 사람에겐 취나물이 잘 보이지 아니하고, 취를 뜯고자 하면 고사리가 잘 보이지 않습니다. 어느 한 곳에 집중을 하게 되면 다른 것은 배경으로 기능하는 다소 엉성한 두뇌를 갖고 있는 것이 우리네 모습입니다.

내 경험만 진실이고, 남은 그렇지 않다는 편견에 빠지기 쉬운 것이 인간입니다. 그러니 나만 주장할 것이 아닙니다. 가장 멋스러운 것은 상대방을 인정하는 조화로움에 있습니다.

어쩌면 인간관계에서 가장 어려운 것은 상대방을 내가 원하는 대로 바꿀 수 없다는 것을 느낄 때가 아닐까 합니다. 뒤집어 보면 상대방을 바꿀 수는 없어도 내가 그를 대하는 태도는 바꿀 수 있는 것인데 말입니다.

인간 해충

지난 일요일 화천 용호리 누이동생 집에 다녀왔습니다. 언뜻 더위가 느껴질 정도로 화창한 날씨에 개나리, 진달래, 벚꽃, 살

구꽃, 자두꽃, 꽃잔디, 냉이꽃, 민들레꽃, 정말 봄꽃이 많이도
피었더군요.

 이른 아침에 어로 활동을 할 겸해서 어구를 둘러메고 강가에
나갔습니다. 작년까지만 해도 호수와 시냇물이 합쳐지는 공간에
피라미, 송사리, 꺽지, 줄종개, 갈겨니, 동자개 등 떼 지어 몰려
다니는 고기를 수확하는 기쁨이 있었습니다.

 하지만 개발바람이 불면서 굴삭기를 동원하여 마구 파헤쳐진
강가에 흘러가는 물을 막아 인공으로 낚시터를 만들고, 이리저
리 물길을 돌려놓아 그 많던 어족을 한 마리도 구경하기 힘들더
군요.

 강가엔 청둥오리 몇 마리와 가마우지 떼가 사라진 물고기 떼
를 찾아 할 일 없이 부리를 물속에 처박고 배고픈 울음을 토해
내고 있었습니다.

 자연이 주는 혜택을 뒤로하고 눈앞의 이익만 좇는 잃어버린 양
심 속에서 어쩌면 지구상 생물 중에서 인간이 가장 잔인하고 해
로운 해충이 아닐까 하는 생각을 했습니다.

 오솔길과 숲길을 걸으면 자연과 대화할 수 있습니다. 우리가
자연에 다가갈 때, 자연도 우리에게 다가옵니다. 숲과 나무와 바

위들이 수많은 세월 동안 자신들을 향해 걸어온 사람들의 자취를 바라봅니다. 우리도 그 자연 앞에서 부끄럽지 않게 함께 동화되고 녹아져야 함을, 그래서 자연의 일부로 함께 살아야 함을 느낍니다.

소나무

애국가에 우리나라 국화인 무궁화를 제외하고 유일하게 등장하는 나무가 소나무입니다. 산림청의 설문을 통하면 우리나라 사람이 가장 좋아하는 나무는 46%가 '소나무'로, 2위인 은행나무 8%와 상당한 격차를 보입니다.

우리의 삶은 소나무와 관련이 많습니다.
새 생명의 탄생을 알리는 금줄에는 솔가지가 끼워졌고
송홧가루로 다식(茶食)을 만들어 먹기도 했으며
가구를 비롯한 여러 생활필수품에도 소나무를 이용했고
인생의 마지막 가는 길에도 소나무로 만든 관이 함께했으니까요.

문인들은 먹 중에서 송연묵을 최고로 여겼습니다.

즉 소나무를 때면 그을음이 무쇠솥 아래 엉겨 붙게 마련이고

그것을 고운 체로 쳐서 아교에 반죽해 고형화시킨 것이 송연묵
(소나무 연기로 만든 먹)이니 말이지요.

소나무는 보릿고개를 넘게 해주는 귀한 식물이기도 합니다.

먹을 것이 떨어지면 초근목피(草根木皮)로 연명했는데

초근은 칡이, 목피는 소나무껍질이 많이 이용되었습니다.

땅속 깊이 소나무 뿌리에 이어진 송근봉과

송담, 송이, 복령 솔순, 솔방울 등 건강 약초들이 우리 일상생
활에 약용과 식용으로 사용할 수 있는 것을 주는 식물입니다.

소나무 속껍질을 송기(松肌)라고 하는데, 실제로 송기는 섬유
질이 많고 영양분은 별로 없습니다.

게다가 거친 음식이어서 변비를 불러오게 마련이고

가난을 표현할 때 흔히 "똥구멍이 찢어지게"라는 표현을 쓰는
이유가 되기도 했지요.

가끔 산을 오릅니다.

식물이 살 수 없는 바위 위에 뿌리를 내리고 거목으로 성장한
소나무를 봅니다.

생명현상의 놀라움을 느끼기엔 그보다 더 멋진 장면은 없
지요.

소나무는 서해안보다 동해안 쪽이 더 우거져 있습니다.

그것은 평양, 개성, 서울, 부여, 나주 등 옛 국가의 중심지가 대부분 서쪽이었던 것과도 관계가 깊습니다.

제주에 유배 중이던 추사 김정희는 1844년 제자 이상적을 위해 『세한도(歲寒圖)』를 그렸습니다.

이상적은 연경에서 구한 귀한 서책을 몇 번이고 스승에게 보냈고

김정희는 자신의 처지와 관계없이 변함없는 의리를 보여주는 제자에게

"추운 겨울이 되어야 소나무와 잣나무가 시들지 않는 걸 안다."라는 글과 함께 보낸 것이 세한도입니다.

가끔 산을 오르다 보면 소나무껍질이 벗겨져 생채기가 나 있는 모습을 봅니다.

일제강점기 때 수탈의 하나로 송진까지 공출해 간 비운의 흔적들이지요.

그 아픔을 끌어안고도 의연하게 자란 소나무를 보면 참으로 미안한 마음이 듭니다.

이런 소나무가 급격하게 줄고 있습니다. 1960년대만 해도 우리나라 산림의 60%나 차지할 만큼 많았는데 지금은 25% 정도를 유지한다고 하니 기후 변화가 가져온 씁쓸한 상처가 소나무 개

체에 발현되는 것 같아 안타까운 마음이 듭니다. 이리 틀어지고
저리 비틀어져도 늘 푸름을 잊지 않는 소나무의 은근과 끈기는
우리 민족의 표상이기도 한데 말입니다.

제2장

연약함과 더불음

꾸준함이 있어야 한다

계절이 무르익고 있습니다.

생명력이 끈질긴 것은 민들레만 한 것이 없습니다. 차도의 갈라진 아스팔트 틈새에도, 사람이 붐비는 거리의 보도블록 사이에도, 흙을 찾아보기도 힘든 돌담 언저리에도 조그만 틈을 비집고 생명을 이어가는 것이 민들레입니다.

그 앙증맞게 생긴 순결한 노란 꽃도 예쁘지만 솜털처럼 여문 홀씨를 매달고 둥글게 세상을 바라보는 모습, 영화 『아바타』의 생명나무 열매처럼 생긴 홀씨의 흩날림, 봄이라서 좋은 것이 아니라 이 난만한 대지를 수놓은 각종 꽃의 향연이 있기에 봄은 진정 아름다움입니다.

가끔 한낮의 꿩이 한가로움을 울고 아카시아 향에 실린 훈풍이 가지를 흔들면 일제히 요동치는 생명의 환호성에 화들짝 놀라는 초여름.

변화 속에서 변화 없는 것은 계절이 바뀌고 있다는 사실이고, 누군가가 세상을 등지고 가슴 아픈 이별을 하고 사업에 실패해 온 세상이 자신을 등진 것 같은 생각을 하는 시점에도 여지없이 세월은 흐르고, 강물은 흘러갑니다.

내가 눈길을 주고, 관심을 가지고, 쓰다듬어주어서 식물이 저리 잘 자라는 것은 아닐 겁니다. 출근길에 갑자기 시야에 들어온 애기똥풀의 소리 없는 성장에 놀라움을 금치 못하는 것은 그 변화를 인지하지 못하고 맞닥뜨린 갑작스러움 때문이 겠지요.

우린 훌쩍 성장해버린 식물의 모습을 경이롭게 보지만, 그 식물은 절대로 갑작스럽게 자란 것이 아닙니다. 어느 한순간도 소홀함 없이 꾸준하고 지속적인 성장이 지금의 모습으로 나타난 것이지요.

꾸준함처럼 멋스러운 것은 없습니다. 그것이 우공이 산을 옮기겠다고 우겼을 때 산신령이 놀란 이유이고, 도끼를 갈아 바늘을 만들겠다는 우직함에 맹자가 깨달은 까닭입니다.

변함없음과 꾸준함.
올봄을 지내는 화두로 삼아봄 직하지 않나요?

작은 일상

오늘은 볼일이 많아 아침부터 여러 군데 들립니다.
엘리베이터 앞에서 마주친 14층 사는 이름 모를 여자
졸린 눈을 비비며 장부를 뒤적이는 경비 아저씨
제라늄 꽃을 옆 유리에 붙이고 좌회전 깜빡이를 켠 스파크
은행창구에서 번호표를 뽑고 기다리는 수많은 고객

이미 봄이 점령해버린 캠페이지 공터
주차장엔 공차로 주인을 하염없이 기다리는 빼곡한 차량
세월에 관계하지 않고 늘 깜박이는 신호등

하염없이 상향이동 욕구를 불러일으키는 에스컬레이터
이별과 만남의 아픔을 삭이는 성북역
피 끓는 젊음을 빙자한 상봉역 춘천의 청춘열차
비가 내린다고 우산을 받쳐드는 사람들

봄을 전세 낸 듯한 화려한 벚꽃
스쳐 지나가는 동부간선도로 이정표
뒤뚱거리며 걸어가는 만삭의 임산부

창밖 풍경에서 갑자기 차내 풍경으로 옮겨주는 사패터널

뭔가 삐진 듯한 얼굴을 한 검표종사원
봄을 화사하게 수놓은 불타는 듯한 진달래

산업화 사회 속에서 줄이어 이동하는 군상들의 행렬
밤이면 화려하게 움직이는 송추의 네온사인
환자수송을 하는 앰뷸런스 사이렌 소리

정장에 넥타이를 매고 무표정하게 걷는 회사원
주름진 얼굴에 인자한 웃음기로 어묵을 팔고 있는 할머니
걸으면서도 스마트폰에 함몰되어 있는 여중생

오늘 하루 동안 제 망막을 거쳐 지나간 소소한 일상을 적어
보았습니다.
그리 잘난 것도 특별한 것도 없는 일상이지요.
우린 인터넷과 SNS 덕분에 지구촌 곳곳에서 일어나는 것을
상세히 알고 있다고 착각하기도 합니다.

세상의 모든 일은 알 수도 없고 , 알 필요도 없습니다.
사람은 자신의 경험 범주 안에서 살아가는 존재인 것이니
까요.
다양성 앞에서 겸손함을 배우는 하루였습니다.

인간과 흙

  겨울 내내 잠들었던 대지가 따뜻한 햇볕에 기지개를 켜면 농부는 흙을 만지는 일로 한 해 농사를 시작합니다. 단단해진 흙을 깨부수고 자갈들을 골라내고 거름을 넣어서 땅을 비옥하게 만듭니다.

  농업 위주로 살았던 옛날 조상들은 흙에서 탄생하여 흙과 더불어 살고 흙으로 돌아가는 인생을 살았습니다. 그러나 현대인들은 흙을 밟지 못하고 그래서 흙에 대한 개념이 부족합니다.

  자연 속에서의 생활을 모르고 성장한 젊은이들 대부분은 흙에서 살고 싶어 하지 않습니다. 단지 더럽고 불편하다는 이유만으로 자연을 싫어하며, 마치 도시가 진짜 고향인 것처럼 안락을 느끼고 삽니다.

  봄은 우리에게 흙의 존재를 인식하고 그 가치를 발견하게 해주는 계절입니다. 흙은 언제든지 심는 대로 싹이 나게 하고 자라게 합니다. 사기를 치거나 바꿔치기하는 법이 없습니다.

  흙은 참 신기하고도 고귀합니다. 어떤 손길이 스치지 않아도 풀과 꽃과 열매를 만들어 냅니다. 또한, 인간에게 신이 내려주신 산삼도 흙에서 키워주고 있습니다.

  사상가 크세노파네스는 "만물은 흙에서 나서 흙으로 돌아간다."라고 했습니다.

성경은 말씀하고 있습니다.
"너는 흙이니 흙으로 돌아갈 것이니라."

우리 인간도 다른 피조물과 마찬가지로 결국 흙으로 돌아갑니다. 인간은 흙이기 때문에 인간은 흙과 가까이해야 합니다. 흙을 가까이해야 건강해지고, 흙을 가까이해야 사람다워집니다.

[2014년 7월 인제에서 채취한 산삼 6구만달]

우리는 원점에서 출발하여 원점으로 돌아가는 삶을 삽니다. 천하고 귀하고, 부자든 가난하든 왔던 길을 돌고 돌아 본(本)

곳으로 갑니다. 이름도, 가진 것도 없이 알몸으로 태어나 누가 어떻게 살고 갔다는 이름 하나 남기고 흙으로 돌아갑니다.

인류는 흙에서 태어나 흙으로 돌아가는 것이 삶의 섭리입니다.

산소의 추억

옛날 살던 고향 집 앞 양지바른 산등성이에는 군데군데 산소가 있었습니다. 어린 시절 학교를 마치고 산등성이에 올라 떼가 잘 살아있는 산소를 올라타고 미끄럼을 타면서 놀았습니다.

더 철이 들어 귀신 이야기에 함몰되고, 무덤이 죽은 사람을 묻어놓은 곳이라는 것을 알고 나면서부터 무덤놀이터는 경원시하는 대상이 되어버렸지요.

죽음이란 인생의 마지막에서 경험하는 딱 한 번의 경험이고, 남녀노소를 불문하고 불시에 들이닥치는 삶의 공통분모이긴 하지만 누구나 죽음을 무서워하고 기를 쓰고 죽음으로부터 도망치려고 애씁니다.

사고나 질병으로 죽을 기미가 보이는 사람이면 득달같이 병원으로 옮겨 각종 호스를 매달아 놓습니다. 심지어 기계에 의존하여 생존을 연명하기까지 하니 죽음이란 피해야 할 것이며 , 공포의 대상임에는 틀림이 없어 보입니다.

의사는 많은 죽음을 보지만 말을 하지 아니하고, 철학자는 많은 말을 하지만 실질적인 죽음은 많이 보지 않습니다. 그러니 죽음에 대하여 이론과 실질 사이에는 큰 괴리가 있는 것도 사실입니다. 우리 사회는 웰빙을 외치고 있지만 웰다잉도 필요합니다.

『장자』에 나오는 이야기입니다.
장자가 임종을 맞이하게 되었을 때 제자들은 성대한 장례식을 계획하기 시작했습니다. 그러나 장자가 말했습니다.
"나는 하늘과 땅으로 나의 관을 삼을 것이다. 해와 달은 나를 호위하는 한 쌍의 옥이 될 것이며, 행성과 별 무리가 내 둘레에서 보석들처럼 빛날 것이다. 그리고 만물이 내 장례식 날 조문객들로 참석할 것이다. 더 이상 무엇이 필요한가? 모든 것은 두루 돌보아진다."

제자들이 말했습니다.
"우리는 까마귀와 솔개들이 스승님의 시신을 쪼아 먹을까 두렵습니다."
장자가 말했습니다.

"그렇다. 땅 위에 있으면 나는 까마귀나 솔개의 밥이 될 것이다. 그리고 땅속에서는 개미와 벌레들에게 먹힐 것이다. 그러니 왜 그대들은 새에게 먹히는 경우만 생각하는가?"

죽음도 삶의 일부입니다. 삶이란 기차는 언제 멈출지 알 수 없습니다. 시한부 인생이란 의학의 힘을 빌려 소천할 날을 미리 알려주는 것이지만, 우리 모두는 언젠가 이 세상 소풍을 마쳐야 하는 시한부 인생인 것만큼은 틀림이 없습니다. 그러니 남에게 악덕을 쌓으며 아등바등 살 이유가 없습니다. 어차피 나에게 남겨질 것이 하나도 없다고 생각하면 좀 더 여유로운 시선으로 세상을 바라볼 수 있습니다. 그것이 인생을 더 풍요롭게 하지요.

식구

　세월을 이기는 장사 없다더니 어느새 내 나이도 세월의 흐름을 비켜 가지 못하는 거 같습니다. 어렸을 땐 많은 식구로 인하여 배부름의 호사와 배움의 영광을 어느 정도 접고 살아야 하는 시절이 있었습니다.

　식구(食口)란 해석하면 '먹는 입'입니다. 가난이 사회의 근간을 이루던 시대에 의식주 문제는 해결하기 쉽지 않은 난제였지요. 심지어 입을 줄이기 위하여 사랑하는 자식을 남의 양자로 보내는 사례도 있었으니까요.

　입(口)은 사람을 대표하는 기관입니다.
　人口가 그렇고,
　食口가 그렇고,
　糊口(호구)가 그렇습니다.
　한솥밥을 먹는 의미의 식구는
　먹는 문제로 인해 참으로 끈끈한 단어이기도 하지요.

　요즘 주변을 보면 끈끈했던 가족의 관계성이 점점 묽어져 가는 것 같아 안타깝습니다. 불행한 삶의 역정이 조부모에게 맡겨진 사례가 드물지 않고, 더 큰 미래를 꿈꾼다지만 기러기아빠로 대변되는 산업사회의 소외된 가장의 축 처진 어깨가 그렇습니다.

인생이 미만백년(未滿百年)일진대 어떠한 가치 이전에 식구는 함께 보듬고, 함께 부대끼며, 함께 의지하고, 같은 공간에서 함께 살아야 할 존재임을 느낍니다.

또한, 반려동물도 한 가족입니다. 반려동물을 버리는 것은 물론이고, 동물을 학대하는 사례도 지속해서 늘어나고 있어 사회문제가 되고 있는 실정입니다.

인간들은 부를 상징하여 애완용으로 인기가 높다는 국제동물보호종이 숨쉬기조차 힘든 궤짝 안에 갇혀 불법으로 거래되고 있는 현실입니다.

얼마 전, 사냥꾼의 손에 잡힌 아기 원숭이는 결국 밀거래 장사꾼의 손으로 넘겨지는 일도 있더군요. 장사꾼은 아기 원숭이를 잘 팔리는 애완용으로 만들기 위해 원숭이의 입을 강제로 벌리더니 펜치로 이빨을 모조리 뽑아 버렸습니다.
뚝뚝, 이빨이 뽑히는 소리와 아파서 끙끙대던 아기 원숭이의 신음소리….
그 소리는 아마 죽을 때까지 평생 잊지 못할 것 같습니다.

누구나, 반려동물 입양은 물건을 사는 것이 아니고, 생명을 책임지는 일이기 때문에 신중하게 결정해야 한다는 것 잊지 말아야 합니다.

가족은 행복의 작지만 큰 단위이며, 가장 깊은 기쁨의 샘이
니까요.

[딸이 입양한 페르시안 고양이, 무스]

따뜻한 삶

도시 사람이 농촌에 들어가 사는 것이 쉬울까요?

아니면 농촌 사람이 도시에 가서 사는 것이 쉬울까요?

물론 개인차는 존재하겠지만 농촌살이가 더 어려운 것은 사실일 겁니다.

젊었을 때 도시생활을 하다가 나이가 들어 농촌으로 가는 사람이 많습니다. 팔팔할 때는 도시 생활을 하다가 늙고 병든 이후에 농촌을 찾는 사람도 있지요.

도시는 각기 제 것이 정해져 있고 짜인 생활 속에서 송곳 하나 들어갈 틈이 없습니다. 하지만 농촌의 자연은 함께 누리고 공존하는 방법을 일깨워주지요.

바람이 숲을 간질이는 소리만 들어도 행복하고

아침을 깨우는 이름 모를 산새 소리만 들어도 설레고

맑은 물이 졸졸 흐르는 시냇물 소리만 들어도 배가 부릅니다.

그러니 자연에서 느끼는 행복은 돈으로 값을 매길 수 없습니다.

나무는 아낌없이 덜어내야만 혹독한 겨울을 날 수 있습니다.
그리고 인고의 세월을 끊임없이 준비해야만 봄에 꽃을 피울
수 있는 것이니 인류의 위대한 스승은 자연만 한 것이 없습
니다.

자연을 닮은 삶은 많은 것을 가져서 행복한 것이 아니라 자연
의 일부이기 때문에 행복한 것일는지 모릅니다.
길가에 피어있는 작은 풀꽃에서
숲속을 걸으며 오르는 작은 뒷동산에서
아무런 대가를 바라지 않고 피어난 야생초에서
큰 물질적 행복을 추구할 때 얻을 수 없는 작은 행복을 만나게
됩니다.

그런 소소한 일상의 잔잔함이 따뜻한 삶을 만들어줍니다.

고향의 향수

엊그제만 하더라도 온산이 봄의 꽃으로 노래하던 나무에 과수원의 복숭아 열매가 실한 모습으로 주렁주렁 매달린 세월의 모습을 봅니다.

우리나라가 해방을 맞을 당시만 해도 북쪽이 훨씬 더 발전된 모습이었습니다. 북에는 풍부한 수력 자원이 있었고, 선진 문명 또한 주로 대륙에서 들어와 입지적으로 북쪽이 유리했기 때문이지요.

6·25 당시 북한 소유의 화천댐을 사이에 두고, 치열한 전투를 벌인 이유가 전기라는 무형의 에너지 다툼이었기 때문입니다.

댐으로 생긴 호수의 이름은 댐의 이름과 닮아있습니다.

춘천호, 소양호, 의암호, 대청호, 청평호, 팔당호.

하지만 화천댐의 호수는 화천호라고 부르지 않습니다. '파로호(破虜湖)'라고 부르지요. 뜻을 해석하자면 "오랑캐를 물리친 호수"라는 의미가 됩니다.

저희 부친께서 춘천에 정착한 해인 56년도의 춘천(그 당시 춘성군)은 그야말로 하루 4시간 햇빛을 볼 정도로 울창한 산과 숲으로 덮여있었지요.

그로부터 5년 후 61년도에 춘천댐은 공사가 시작됩니다.

우리의 손으로 처음 만든 댐이 춘천댐이고 보면 장비도 변변치 못해 거의 손으로 지어진 댐이지요. 생활이 어려웠던 저희 부친은 그때 댐에 필요한 자갈을 채취하는 인부로 삶을 꾸리셨습니다.

그 당시에는 조그만 골짜기에 3만이 모여 살았다고 하니 눈곱만한 땅만 있어도 판자를 세우고 삶을 시작한 게지요. 지금도 발붙이기 힘든 산비탈에 무너진 돌담이 옛날 이곳이 집터였음을 침묵으로 알려줍니다.

65년도에 춘천댐이 완공됩니다. 정일권 전 국무총리께서 준공식을 마쳤구요. 완공은 대량의 실업자가 생겼다는 것이고, 빼곡히 모여 살던 사람들이 대량 이주를 해야 한다는 것을 의미했습니다.

사람들로 북적대던 골짜기가 시냇물 소리와 뻐꾸기 소리 들리는 한적한 마을로 돌아가는 데는 채 1년도 걸리지 않았습니다. 5남매를 거느린 저희 부친은 그때 화전이라도 일구리라 마음 먹고 더 깊은 산으로 들어가 정착하게 됩니다. 저의 유년시절은 그렇게 화전민의 아들로 부모님의 땀에 의지하여 자란 셈이지요.

부모님은 정말 열심히 농사를 지었고 땅은 땀의 대가를 저버리지 않았습니다.

저녁때 호야불 아래서 양말을 깁던 엄마에게 긁어달라고 등을 들이대면, 손바닥으로 쓱쓱 문지르는데도 아픔을 느낄 정도로 거친 손이 그 치열한 삶을 말해주지요.

그런데 76년도에 갑자기 화전정리령이 떨어집니다. 삽과 곡괭이로 밭을 일구어 땅이 전부인지 믿고 살던 가난한 촌부에게 일구어 먹던 밭에 낙엽송을 심는다는 말은 청천벽력이었습니다.

그나마 한 가지 위안은 화전이라도 유실수를 심으면 경작이 가능하다는 한 줄기 희망이었지요. 산 아래 비탈진 밭에 과일나무를 심는 것은 그 무렵이었습니다.

파란색 완장을 찬 산림감수가 인부들을 데려와 멀쩡한 옥답에 낙엽송을 심은 그해 봄은 어느 해 보다도 길었습니다.

팔자에 없는 과수원을 시작하니 시행착오도 많았고, 과일을 지고 비탈길을 오르내리다 넘어지기 일쑤였습니다. 벌레 먹은 것, 새가 쪼아서 상품성이 없는 것, 너무 물러서 터진 것, 기형적으로 찌그러진 것.

파치가 맛있다는 유감스러운 위로의 말을 뒤로하고, 맛있고 실하게 생긴 과일은 맛볼 엄두도 내지 못했습니다. 여름철이면 자주 찾은 고향 친구 희건이 녀석은 우리 집에 놀러 오면 밥 대신 세끼를 복숭아로 배를 채웠으니까요.

중학교 시절엔 책 살 돈이 없어 산림감수의 눈을 피해 낮에 통나무를 베어 산에 감춰두고, 밤이면 지게에 짊어 메고 아랫마을에 한 짐당 400원 받고 팝니다. 그 돈은 책을 사는 데 큰 도움이 되었고, 부모님 일손을 덜어 드리는 데 한몫을 하였지요.

항상 삶에 관해 연구를 많이 하시는 저희 부친은 소, 염소, 닭 등을 키웁니다. 지금까지 자녀들 교육과 생활을 한 것은 소의 덕분인지도 모르지요. 그 마을에서 소가 5마리인 집은 우리 집밖에 없었으니까요.

농사철이 되면 경운기가 없던 시절이라 밭갈이하는 데는 소가 최고이지요. 얼마 정도 품삯을 받고 소를 빌려줍니다. 그게 유일한 생계수단이었지요.

가끔 고향 집 앞에 섭니다.

장대로 털던 키 작은 집 앞의 밤나무가 범접할 수 없는 높이로 자랐고, 미역 감고 물장구치며 메기와 가재를 잡던 앞 개울은 밋밋하게 말라 볼품을 잃었습니다.

그래도 주변을 보면 고향 산천은 그대로인데, 그 당시 꿈을 먹고 자라던 소년만이 어느새 반백이 되었습니다. 지금도 춘천댐을 지나다 보면 불현듯 고향 집을 찾아가고픈 충동이 있습니다.

반겨줄 고향의 그리운 얼굴들이 지금은 없는데도….

[2015년 4월 화악지맥 몽가북계 종주산행]

뿌리의 탄생

몇 해 전 회원 몇 명이 가평 오독산, 운두산을 찾았습니다. 비록 산은 낮지만 억새로 이어지는 등산로가 초보 수준의 아름다운 길이었죠. 저는 산약초가 있나 해서 등산로가 아닌 일부로 절벽길을 오르고 내려옵니다. 참으로 자연이란 것이 신기합니다.

바람에 날린 솔씨 하나가 깎아지른 절벽 바위틈에 떨어집니다. 봄이 오고 날이 따뜻해지자 비와 햇살을 머금은 씨앗은 척박한 바위틈에 겨우 뿌리를 내리는 데 성공합니다.

바위틈이라는 척박한 현실은 뿌리를 뻗을 수조차 없는 거친 환경에 조그만 가뭄에도 타는 목마름으로 다가왔습니다. 이 소나무는 아무리 노력해도 낙락장송이 될 수 없습니다.

우린 나무를 볼 때 땅 거죽 위로 솟아나 있는 부분만을 평가합니다. 큰 나무는 그 나무의 넓이와 높이만큼 뿌리 또한 넓고 깊고 튼튼합니다. 궁전의 대들보로 쓰이는 거대한 금강송도 화분에 심어놓으면 아무리 오랜 세월이 흐른다고 하더라도 난쟁이 분재가 되고 맙니다.

뿌리가 자랄 영역을 미리 가늠해보고 자신의 성장 한계를 맞추는 나무의 모습은 안분지족의 현자를 닮아있습니다. 뿌리의 능력을 무시하고 성장했다가는 고사하거나 꺾이거나 쓰러져 조기에 삶을 마감해야 하는 막다른 골목에 처할 수 있으니까요.

하지만 크게 성장하기 위해서는 따뜻한 햇볕과 적당한 온도, 자애로운 빗물도 중요하지만, 보이지 않는 뿌리의 저변을 확대하는 것이 무엇보다도 중요합니다. 자신의 한계에 자신을 가두는 것만큼 어리석은 것은 없습니다.

역사상 최고의 웅변가로 알려진 데모스테네스는 어릴 적 지독한 언어장애와 대인 불안증을 갖고 있었다고 합니다. 하지만 그는 노력과 인내의 힘으로 언어장애를 극복하고 세계에서 가장 웅변을 잘하는 연설가의 대열에 서게 됩니다.

높게 자라고 싶다면 나의 뿌리부터 돌아보아야 합니다.

[2015년 12월 가평 운두산]

침묵의 미학

제가 90년대 공직에 있을 때 강사를 초빙한 적이 있었습니다. 그 당시 정보전략연구소장 윤은기 강사였지요. 한 번도 막힘이 없이 일사천리로 강의하는 모습이 무척 멋스럽게 보였습니다. 그래서 어떻게 하면 말을 잘할 수 있을까 고민하고, 내 속에 뭉뚱그려있는 생각을 어떻게 하면 잘 끄집어낼 수 있을까에만 골몰해 온 것이 사실입니다.

교육과로 발령 난 후 중·고생을 대상으로 디자인 교육을 합니다. 원래 혀가 선천적으로 짧은 데다 상대방에게 전달하는 과정이 미흡했는데도 불구하고, 명강의를 받았다고 칭찬들이 대단합니다. 물론 처음부터 끝까지 암기한 덕도 있었지요. 그러나 아무리 고르고 고른 언어라고 할지라도 전달되는 순간 청자의 마음가짐에 따라 의미가 변질되고, 오해의 소지를 남겨 소화불량이 된 언어의 뭉치를 발견하곤 합니다.

돌이켜 생각해 보면 너무나 많은 말을 해온 것 같은 생각이 듭니다. 마음속에 품은 생각이 언어를 통해 외부로 표출되는 순간 모든 것을 진솔하게 담아내기엔 너무나 부족하다는 생각을 합니다.

자주 날아다니는 새는 그물에 걸릴 가능성이 크고

가벼이 움직이는 짐승은 화살에 맞을 가능성이 큽니다.

말을 많이 하는 사람도 그만큼 허물을 만들 가능성이 큰 것이지요.

요즘 소통의 도구가 너무 많이 널려있는 것이 문제입니다. 카톡에서부터 마이피플, 각종 메신저, 문자에 밴드까지···. 쉴 새 없이 떠들어대고 조잘대고 문자메시지를 보내면서 살아가는 것이 현대인들의 자화상입니다.

그리고 요즘 연인들의 이별 이유 1순위는 카톡이나 문자를 통해 연락을 취했을 때 즉문즉답(卽問卽答)이 이루어지지 않는 것이라고 합니다. 그러다 보니 정제되지 않는 마음, 걸러지지 않은 글들이 만연하여 시도 때도 없이 상대방에게 상처를 주기도 합니다.

가끔은 입을 여는 것보다 침묵하는 것이 더 값질 때가 있습니다. 우린 소리 나는 시내(川)보다 진중함으로, 침묵으로 하늘을 이고 산을 닮아가는 강(江)이 되어야 합니다.

깊은 강은 소리가 없습니다.

지금

인생의 마지막에서 남기는 유언이나 유서에는 대부분

좀 더 사랑하지 못했던 것에 대한 아쉬움

좀 더 베풀지 못하고 살았던 것에 대한 회한

좀 더 진정성을 갖고 살아오지 못한 것들에 대한 후회가 담겨 있습니다.

어느 누구도

'왜 좀 더 챙기고 살지 않았을까?'

'왜 좀 더 높은 권력을 잡지 못했을까?'

'왜 좀 더 재물을 모으지 못했을까?'에 대한 후회를 남기는 사람은 없습니다.

모든 것을 놓아야 하는 시점에 무욕으로 얻은 깨달음은 매우 가치 있는 것이지만, 그 깨달은 진리를 실천하려고 해도 남은 인생이 짧아 기회가 주어지지 않습니다.

우리 인간은 참으로 무수한 기회를 날려버리고 맞이하는 쓸쓸한 후회를 반복하는 어리석은 존재일는지 모릅니다.

지금은 고인이 된 로빈 윌리엄스가 열연한 『죽은 시인의 사회』

에서 키팅 선생님은 다음과 같이 이야기합니다.

"Carpe Diem!"(카르페 디엠, 라틴어)

'현재를 즐겨라', '내일이란 말은 최소한만 믿어라.'라고 풀이하지만, 이는 지금 할 수 있는 일을 하라는 뜻으로 해석할 수 있습니다.

지금 현재 시점에서 할 수 있는 일을 지금 해야 합니다. 사랑하는 사람이 있다면 후회를 남기지 않도록 지금 사랑한다고 이야기할 수 있어야 하고, 감사한 사람이 있다면 지금 감사의 표현을 해야 합니다. 지금 순간 자체를 소중히 여겨야 하지요.

"성년부중래(盛年不重來)"라고 했습니다.
"젊음은 일생에서 두 번 오지 않는다."라는 말씀이지요.
또한, "일일난재신(一日難再晨)"이라는 말씀도 있지요.
"하루에 새벽이 두 번 오지 않는다."라는 말씀입니다.

어찌 되었거나 세월은 사람을 기다리지 않습니다. 과거, 현재, 미래는 한자어에서 온 말입니다. 우리 순수 말로는 지난날, 이제, 즉 미래를 표현할 수 있는 우리말은 없습니다. 오늘의 일을 내일로 미루지 말라는 선조들의 깊은 뜻이 있는 것은 아닐까요?

준비된 사람은 기회가 오면 잡을 수 있지만, 준비되지 않은 사람은 기회가 와도 기회인지 모릅니다.

텅 빈 충만

우리 몸의 각종 질병의 가장 큰 원인은 스트레스라고 합니다. 스트레스를 가져오는 것은 복잡한 생각이 원인일 수 있지요. 무념무상, 마음을 비워내야 영혼이 맑아집니다.

어떤 일에 달관의 경지에 이르게 되면 어린아이와 같아진다고 합니다. 저는 5살 때부터 서당에서 붓을 잡았습니다. 한참 어린 나이에 동갑내기 친구들은 밖에 나가 얼음 지치고 뛰어놀 시기에 엄격한 부친 덕분으로 골방에서 하루를 보내곤 했지요.

그 당시는 먹과 붓을 잡는 것은 예사롭지 않게 생각했는데…. 성인이 되어 작품전시회를 하려는 차에 서실에서 먹을 갈던 때가 있었습니다. 저의 인생에서 '노력해도 안 되는 것이 있구나.' 하는 깨달음을 가진 사건이었지요.

(실은 '진정으로 최선을 다했는가?' 하는 데는 의문이 있습니다.)

그 서실의 벽면 한복판에 장난스럽게 쓴 액자가 걸려있었습니다.

"저 정도면 내가 발로 써도 쓰겠다."

참으로 못쓴 글씨를 아까운 액자에 넣어서 그것도 중앙에 걸어놓은 사실이 이해가 되지 않았습니다. 한 달이 지나서야 그 글씨가 서실 원장님의 작품이라는 것을 알았습니다.

참으로 신기한 것은 먹을 갈면 갈수록 그 글씨가 점점 멋스럽게 보인다는 것이었습니다. 1년이 지나 잘 쓰지는 못해도 보는 안목은 좀 길러졌을 즈음 그 작품이 범접할 수 없는 기품을 갖고 있다는 사실을 마음으로 체득할 수 있었습니다.

어떤 경지에 올라 잘 써야겠다는 마음까지도 없어지면 내면의 멋스러움이 자연스럽게 작품으로 옮겨지게 됩니다. 멋진 시는 미사여구로 도배된 것이 아닙니다. 순수한 언어로 심금을 울리는 것이 멋진 것이지요.

위대한 작품들을 보면 복잡하거나 화려하지 않고, 단순하고 간결하며 순수함이 느껴지는 것이 많습니다. 진실이 거추장스러운 꾸밈이 필요하지 않은 이유이지요.

마음이 텅 비어있는 것은 자유로움으로 충만한 것을 의미합니다.

텅 빈 충만.
어찌 보면 언어의 부조화로 다가올 수 있겠지만, 어떤 일에 일가를 이룬 후 자신을 비워내고 덜어낸 다음 도달할 수 있는 절대자유의 경지가 아닐까 하는 생각이 들었습니다.

들풀처럼

들풀은 자신을 치장하지 않습니다.
그리 화려하거나 고고하지는 않지만
그렇다고 초라하거나 저속하지 않습니다.

바람이 불면 부는 대로 흔들리되
결코 꺾이거나 스러짐이 없이
그냥 맨몸으로 눕고 맨몸으로 일어납니다.

아무도 알아주는 이 없이 세상에 던져져 있을지라도
외로워하거나 슬퍼함이 없이
그저 의연하게 세상을 살아갑니다.

오는 비를 온몸으로 견디되 거부하는 법이 없고
가는 계절을 함께하되 잡는 법이 없습니다.
그저 자연에 순응하여 온전히 몸을 맡기고 현재에 최선을 다
할 뿐이지요.

욕심으로 남의 것을 탐냄이 없이
결실을 맺어 자연으로 돌려보냅니다.
그러니 온전한 무소유의 영혼을 가진 것이 들풀입니다.

그저 침묵으로 살아가더라도

누구도 알아주지 않는다고 하더라도

하늘 아래 맑은 영혼을 가진 들풀이고 싶습니다.

두위봉에 다녀와서…

함백산 자락 두위봉에 다녀왔습니다. 호사가들은 산이 거기 있기 때문에 산에 오른다고 하지만, 어쩌면 반복되는 일상에 지쳤을 때 혹은 인생에 고독이 침잠했을 때 그리고 삶이 건초처럼 메말랐을 때 우린 산을 찾게 됩니다.

바람이 산을 흔들 수 없는 것처럼 산은 언제나 그 자리에서 힘들여 오르는 사람만이 느낄 수 있는 언어로, 때로는 침묵으로 땀의 소중함을 일깨워주니까요.

봄이 꼬리를 감추고 사라진 공간에 여름이 지천으로 널려있는 초목에 생기를 불어넣고 맑은 공기와 깨끗한 정기로 등산객을 맞이하는 산은 모든 것을 포용하되, 교만하지 않은 구도자의 모습을 닮았습니다.

초입부터 참나무가 군락을 이뤄 하늘을 향해 열병하는 호젓함과 간간이 나그네의 시름을 덜어주는 이름 모를 야생초, 물소리 바람 소리와 어우러진 산새들의 지저귐은 6월, 한낮의 행복을 물어다 주었습니다.

정상부에 철쭉 군락지는 이른 세월 탓에 불타듯 화려한 철쭉을 보여주지 못했지만, 望無除(바라보는 시선의 끝없음)의 툭 터진 시야만큼이나 너른 가슴을 선사하였습니다.

삶이 지치고 힘들다면 산에 올라 봄 직합니다. 한 발 한 발 올라가는 과정의 순수함이 삶의 욕심을 벗고 세상을 조망할 수 있는 포근함을 아무 대가 없이 선물하니 말입니다.

인생의 많은 위대함이 산에서 잉태하였다는 말씀이 있습니다. 침묵의 미학을 일깨워주는 산은 어떤 음악이나 문학이나 철학보다도 위대하였습니다.

"새벽은
새벽에 눈을 뜬 자만이 볼 수 있습니다."

거울

　자신의 용모를 아름답게 하려면 거울을 바꾸는 것으로 해결할 수 없습니다. 자신의 모습을 꾸며야 하는 것이지요.

　마찬가지로 세상을 아름답게 하려고 세상을 바꾸는 것은 결코 쉬운 일이 아닙니다. 그러니 자신의 마음을 바꾸어야 합니다.

　거울 속의 세상을 봅니다.

　어쩌면 왜곡되지 않게 객관적 시각으로 자신을 바라볼 수 있는 대상체가 거울이기도 하지만 볼록렌즈, 오목렌즈, 이 둘을 결합한 이상한 거울을 만나면 세상은 전혀 다른 모습으로 다가옵니다.

　어쩌면 인간은 외면을 비추는 거울 이외에 자신의 내면에도 거울을 하나씩 갖고 있는지도 모를 일입니다. 외부의 객관적인 세상이 내면의 거울에 비춰 해석되고 인식되니 말입니다.

　우리들의 자식들을 봅니다. 키우면서 어릴 적 화장과 거울 때문에 부딪히는 경우가 많습니다. 그냥 있는 모습 그대로 젊음의 풋풋함이 배어 나와 정말 순수한 아름다움을 갖고 있는데도 불구하고 성인들 흉내 내기에 바빠 얼굴에 두껍게 분칠을 하는 것도 모자라 보톡스니, 필러니 성형하는 자식들….

화장을 한다고 내면의 꾸밈을 멀리한다고 단정하기는 어렵겠지만, 보이는 말초적 현상보다는 깊이 있는 내면의 아름다움을 가꾸었으면 하는 바람이 있는 것도 사실입니다.

여자가 사랑하는 작은 사치의 즐거움.
삶을 즐길 줄 아는 여자들은 더 이상 자신의 취향도 아닌 값비싼 사치품에 열광하지 않습니다. 명품 인생은 거울로 탄생하는 것이 아니라 깊이 있는 사고와 최선을 다하는 노력으로 탄생하는 것이니까요.

자신을 예쁘게
꾸미는 사람은
세월이 흐를수록
추해져 가지만
남을 예쁘게 보는
눈을 가진 사람은
세월이 지날수록
빛이 더해 갑니다.

연약함과 더불음

우리는 사나운 짐승을 생각하면 호랑이나 사자를 떠올립니다. 평화스럽고 안락함을 생각하면 사슴을 떠올리지요. 대체로 동물들은 그 성격에 맞는 신체구조를 갖고 있습니다.

호랑이와 사자는 매우 잘 발달된 근육과 강한 이빨이 특징이고, 사슴은 큰 눈망울, 긴 목, 화려한 뿔이 특징입니다. 어느 것 하나라도 상대에게 위해를 가할 무기를 갖고 있지 못합니다.

우리 인간을 봅니다. 예리한 뿔이나 날카로운 이빨, 심지어 튼튼한 다리도 없는 인간은 맹수보다는 사슴에 가깝습니다.

치아 구조와 배열을 보더라도 인간은 육식의 물어뜯는 구조가 아니라 초식에 맞는 씹어 잘게 부수는 어금니 구조를 갖고 있습니다. 결론은 인간은 예로부터 평화 지향적 존재였다는 것이지요.

한자로 독(獨)은 혼자, 홀로, 고독을 의미합니다. 변에 위치한 견(犬)으로 보아 동물의 일종이라는 것을 알 수 있는데, 힘이 강하여 늘 혼자 다녔다고 합니다. 그것이 의미가 전이 되어 외로움을 뜻하게 된 것이지요.

힘이 강한 동물일수록 홀로 살아가는 경우가 많고, 연약한 동물일수록 무리 지어 사는 경우가 많습니다. 우리 스스로 인간(人間)이라는 표현을 쓰고 보면 애초에 무리를 떠나서 살 수 없는 존재인 것만큼은 틀림이 없어 보입니다.

연약함의 기본은 더불음에 있습니다. 그 더불음 속에서 얼마나 조화롭게 살아가느냐 하는 것이 중요한 것이지요. 성당의 건물과 한갓 돌무더기는 다릅니다. 돌이 성당을 귀하게 만드는 것이 아니라 성당이 박혀있는 돌들을 귀하게 만드는 것입니다.

내가 한 알의 모래라고 하더라도 내가 어떤 일에 함께 참여하느냐 하는 것이 중요한 것이고, 나의 귀함은 곧 어느 집단과 더불어 하느냐에 달려있는 것입니다.

하루 종일 꽃밭에 있던 사람에게는 꽃향기가 나지만, 시궁창에 있는 사람에겐 악취가 나게 마련이니까요.

작은 씨앗

초록이 세월에 떠밀려 연갈색으로 빛나는 계절입니다.

출근길 북서울 꿈의 숲(옛 드림랜드) 정원에 국화가 한창입니다. 여름 내내 국화는 아직 피어나지 않았고, 그 지리한 시간 속에서 더디게 성장을 하여 온통 푸른 풀처럼 보일 때라도 국화는 국화라는 이름으로 불립니다. 그것은 이미 그 안에 꽃을 품고 있기 때문입니다.

사막은 연간 강수량이 250mm 이하 지역을 의미합니다. 매우 건조할뿐더러 일교차가 심하여 동식물이 살아가기에는 매우 척박한 곳임에는 틀림이 없습니다. 그 죽음의 땅에도 가끔 상당량의 비가 내릴 때가 있습니다.

그러면 어디서 나왔는지 황량한 벌판이 삽시간에 아름다운 꽃밭으로 변합니다. 어찌 보면 그곳은 아무것도 살 수 없는 죽음의 땅이 아니라 씨앗을 머금고 성장의 조건이 맞추어지기만을 기다린, 잠들어있었던 땅이었던 것입니다.

꽃을 피우는 일은 긴 인내와 기다림의 결과입니다. 고단한 성장의 시기를 거친 기억의 발현이고, 천둥과 먹구름 속에서 어둠을 깨뜨리고 일어서는 환희의 순간입니다. 그러니 아름다울 수

밖에요.

낙락장송도 그 시작은 작은 씨앗이었습니다. 우리도 무언가가 되기 위한 작은 씨앗을 지닌 채로 세상에 태어났습니다. 아직 발현이 안 되어 외부로 드러나지 않았을 뿐일는지도 모르지요. 마치 사막에서 성장의 조건을 기다리고 있는 씨앗처럼 말입니다.

엄마의 품

옛날 인간의 힘으로만 자연과 공존했던 시절에 길의 의미는 자연이 만들어낸 그 생김 그대로였습니다. 이 길엔 꼬불꼬불한 모퉁이를 돌 때마다 보였다 사라짐이 반복하는 존재였지요.

서울에 첫 직장을 찾고, 객지 생활을 하다 어쩌다 찾는 춘천 시골집. 엄마의 정성 어린 따뜻한 밥과 된장찌개, 거기에 손으로 찢어먹은 김장김치에 배고픔을 해소하고 집을 나서면 엄마는 마당 끝에 서서 울타리 넘어 아들이 가는 뒷모습에 손을 흔들며 하염없이 바라만 보고 계셨습니다.

모퉁이를 돌 때마다 잠시 나타나는 아들의 뒷모습이 작은 점이 되어 사라질 때까지….

엄마의 기일이 다가옵니다.

병원에 계셨던 모습이 눈에 선하네요. 이틀이 멀다 하고 매일 병원을 찾았지만, 엄마의 얼굴은 하루가 다르게 변해가고 있었습니다. 아픈 몸에도 아들 얼굴을 쓰다듬으며 반가워하는 엄마는 베개 밑에 있던 만 원짜리를 꺼내 주면서 배가 고프니 어서 밥이나 먹고 오라고 하시던 목소리가 아직도 귓가에 생생합니다.

엄마는 밤이 되면 끙끙 앓는 소리를 내셨어요. 저는 주변 사람들의 숙면을 방해하는 그 소리가 부끄럽기도 하고 민망하기도 하여
제발 좀 조용히 주무시라고….
앓는 소리를 내면 고통이 없어지냐고….
마음속으로 몇 번이고 요구했습니다.

일주일이 지나 다시 찾은 병실엔 엄마의 앓는 소리가 현저하게 잦아져 있었고, 이틀 뒤에 하늘나라로 가신 엄마의 소식을 접했습니다.

그때 왜 그랬을까? 말이라도 좀 더 편하게 해드릴 수 있었을 텐데….
가실 때까지 엄마는 자식에 대한 사랑이었지만, 저는 의무

였는지 모릅니다. 그때를 생각하면 눈시울이 붉어지고 명치끝이 아파옵니다.

"부모불효사후회(父母不孝死後悔)"라는 말이 뼛속으로 파고듭니다. 오 남매를 기르시느라 돌아가실 때까지 애쓰셨던 엄마는 내 곁에 계시지 않습니다. 잘 보살펴드리지 못한 잘못이 한(恨)으로 남아있습니다. '후회(後悔)'란 말 속엔 뒤늦음이란 의미가 함께 들어있습니다.

이젠 환한 웃음으로 반겨주시던 모습을, 그 거친 손으로 등을 쓱쓱 긁어주시던 손길을, 자식 주려고 실한 자반고등어를 냉장고 속에서 아끼고 아끼다 말라비틀어진 사랑이라는 이름의 짠 고등어를 더 이상 만날 수 없음이 슬픕니다.

그래서 지금도 엄마의 손길과 품이 더욱 그립습니다.

공지천 커피

작년 이맘때 춘천의 명소 공지천을 찾았습니다.

사람의 뇌리에는 늘 추억이 잠들어있기 마련이지요. 추억처럼 아스라한 연인들의 거리가 있는 공지천…. 물고기 이름에서 유래한 공지천이 그곳이지요.

춘천의 매캐한 물안개가 시작되는 곳이기도 하고, 누군가의 사랑이 강물처럼 흐르는 곳이기도 하고, 공포(공지천 포장마차)에서 소주 한잔에 인생의 쓴맛을 풀어내는 곳이기도 하고, 젊음의 낭만이 혈관을 타고 흐르는 곳이기도 합니다.

이곳이 연인들의 명소가 된 것엔 이유가 있습니다. 바로 에티오피아 탑이 그곳에 세워져 있고, 그 아래 에티오피아 집이 있기 때문입니다.

6·25의 아픔을 함께 나눈 동지 국가로서의 의미가 탑에 새겨져 있고, 에티오피아 황실에서는 자국의 원산 커피를 무상으로 제공해 주었습니다. 그 명품 커피 덕에 커피 마니아들과 낭만을 쌓으려는 청춘남녀들이 춘천의 공지천으로 몰려들게 되었고, 그것이 명소로 거듭나는 계기가 된 것이지요.

중간에 에티오피아가 공산권으로 기울면서 위기를 맞기도 했고, 공지천도 무관심 속에서 날로 오염되어 낭만을 찾을 수 없고 악취가 풍기는 곳이 되기도 했습니다.

그러나 지금은 매립 및 정화시설을 통하여 깨끗한 옛날의 명성을 찾아가고 있고, 에티오피아의 전설도 부활하고 있습니다.

에티오피아 원산 커피 맛을 보고 싶다면 공지천으로 오세요. 그리고 에티오피아 집 2층으로 발걸음을 옮기면 됩니다. 그곳에 500원짜리 자판기가 있거든요. 아주 저렴한 가격에 에티오피아 원산 커피 맛을 볼 수 있답니다.

아울러 공지천만이 갖고 있는 젊음과 낭만을 덤으로 느낄 수 있으니 일거양득이지요.

남의 떡이 더 커 보이는 법

아이는 어른이 되고 싶어 하고, 어른은 아이가 되고 싶어 합니다. 내가 가지지 못한 것이 더 커 보이기 때문입니다.

아이는 언젠가는 어른이 되겠지만, 어른은 결코 아이가 될 수 없습니다. 그러니 어쩌면 될 수 없는 것에 대한 갈망이 더 큰 것이 사실일 겁니다.

급한 일로 택시를 기다리면 택시는 반대편에서만 나타납니다. 길을 건너 택시를 기다리면 원래 있던 쪽에서 빈 택시가 나타납니다. 나만 매번 허탕을 치는 느낌을 지울 수 없습니다. 이 모든 것은 상대적인 관념의 차이에서 시작됩니다.

가진 것과 못 가진 것의 기준은 사람마다 다릅니다. 가지지 못했다고 하는 것은 평등하지 못한 조건에 의하여 불평등한 상황에 처해있다는 것이지, 소유의 현실과는 거리가 있어 보입니다. 그러니 남의 떡이 더 커 보이는 것이고, 남의 집 잔디가 더 푸르러 보이는 것입니다.

남이 갖고 있는 것은 남의 것일 뿐입니다. 남에게 찾아온 행운 또한 그의 것이지, 내 것이 아닙니다. 하지만 사람들은 남의 잘됨을 보고 왜 그런 행운이 나에게만 찾아오지 않는지에 대하여 불행해 합니다.

내가 갖고 있는 것, 나에게 주어진 것만이 내 것입니다. 어찌 보면 내가 갖고 있는 것도 이 세상 살 동안에 잠시 빌려 쓰는 것일는지 모릅니다. 남을 인정해주고, 내가 가진 것에 감사하며 더불어 살아가는 삶 속에 참다운 행복이 있습니다. 남의 떡이 더 커 보이는 것의 원초적인 기저엔 욕심이 깔려있습니다. 욕심으로 행복을 건져낸다면 세상이 얼마나 혼란스러울까를 생각합니다.

남을 바라보기에 앞서 자신이 가진 것에 대한 감사의 염(念)을 가질 필요가 있습니다.

행복이란 주어진 조건이 아니라 만들어지는 해석이기 때문입니다.

합리적인 소비

요즘 젊은이들은 중국집에서 4,000원 짜리 자장면을 먹고, 스타벅스에 가서 8,000원 짜리 커피를 마십니다. 밥값보다 찻값이 더 비싼 참으로 이상한 세상에 살고 있는 것이지요.

저는 개인적으로 커피값이 자장면값보다 비싸면 안 된다는 생각을 갖고 있습니다. 그런데 초라한 기성세대의 푸념에 불과한 이야기가 되어버렸네요.

수년 전에 박을 하나 얻어 톱으로 반으로 잘라 씨앗이 들어있는 속을 파내고 푹 삶아서 하이얀 박속을 맛보았습니다. 정말 아무 맛도 나지 않는 박속을 어렸을 땐 서로 먹지 못해 안달하던 생각이 납니다.

요즘은 박 자체를 모르는 데다가 박속을 긁어먹었던 이야기는 먼 나라 이야기일 뿐입니다. 풍요로운 사회가 된 것만큼을 틀림이 없지요.

가게를 하느라 짐 정리를 하다 보니 나도 합리적인 소비꾼이 아닌 것을 깨닫게 되었습니다. 오픈을 하다 보니 이곳저곳에서 이거 하라, 저거 하라 유혹의 손길이 뻗쳐오더군요. 요즘의 소비는 필요에 따라 결정되는 것이 아니라 판매자들이 만들어내는 광고에 따라 좌우되는 경향을 보입니다. 나의 합리적 판단이 아니라 소비자를 부추기는 마케팅 기법에 놀아나는 경우가 많은 것이지요.

꼭 필요하지 않은데도 남들이 하니까 무조건 따라 하는 모방 구매도 문제입니다. 생각 없이 외부의 자극에 따라 구매를 하게 되면 결국 한두 번 사용하다 창고를 지키는 신세로 전락하는 상품이 되고 맙니다.

얼마 전 분당 야탑역에 가본 적이 있습니다. 길 양쪽으로 빽빽이 늘어선 상점마다 쇼윈도에 온갖 제품을 진열하고 가격으로, 디자인으로, 덤핑으로 어서 나를 구매해가라는 유혹의 손길이 널려있습니다.

소비는 물질적 쾌락과 만족감을 주는 것임에는 틀림이 없지만, 자기 주머니 사정에 어울리는 바람직하고 합리적인 소비문화가 필요합니다. 창고를 정리하면서 후회를 남기지 않으려면 말입니다.

맨발 트레킹

[2015년 10월 가야산]

제2장_연약함과 더불음

처음 맨발로 산행한 계기는 30년 지기 상록이 친구 덕분이었습니다. 오래전 그 친구와 불암산에 동행했는데 맨발로 다람쥐처럼 올라가고 내려오고 반복하는 산행을 별 탈 없이 잘하더군요. 그 후 친구의 권유로 수락산에 같이 올랐지요.

처음 맨발산행이라 조심조심 오르면서 행여 돌부리나 나무뿌리를 걷어차지 않을까 걱정했으나 의외로 순조롭게 산에 오를 수 있었습니다.

2시간쯤 걷다 보니 요령이 생겼습니다. 작은 돌들이 깔린 길은 여전히 고통스럽지만 큰 돌들이 있는 길은 빠른 보폭으로 통통 튀듯 지나갈 만했습니다. 맨발로 걷다 보니 자연스럽게 발뒤꿈치가 아니라 발바닥 앞쪽으로 땅을 내딛게 된 거죠. 뒤꿈치로 쿵, 땅을 찼다가 거기 콩알만 한 돌이라도 있으면 그 고통이 곧바로 척추를 따라 올라가 머리끝까지 '찡~' 하고 전달이 되기 때문입니다. 발바닥 앞쪽으로 돌을 밟으면 발이 자동으로 쿠션 역할을 하므로 참을 만했습니다.

식은땀을 흘리며 이를 악물고 정상까지 올랐습니다. 수락산은 화강암이 풍화된 마사토인지라 한 발 한 발 내디딜 때마다 발바닥에 박혀 붉은 피가 흐르고 있었지요. 호된 첫 신고식을 했습니다.

그렇게 하다 보니 처음 생각과는 다르게 4km 좀 넘는 조용한 산길을 따라 주차장까지 맨발로 온전히 내려온 거죠. 조심스레 발을 딛느라 속도는 상당히 느려졌지만, 신을 신고 걸을 때와는 느끼지 못한 재미가 있었습니다. 트레킹은 먹는 음식에 비유한 다면 신을 신고 걷는 트레킹은 혀를 두꺼운 비닐로 칭칭 감은 채 음식을 먹는 것과 마찬가지가 아닐까? 발바닥은 사람 몸에서 손과 얼굴 다음으로 예민한 부위라 했습니다. 그 예민한 발로 산의 표면을 살살 어루만지며 걸으면, 신을 신고서는 느끼지 못한 감각과 감동이 있는 것 같았습니다. 메마른 길은 메마른 대로, 축축한 길은 축축한 대로, 땅과 대화를 하며 걷는 기분입니다. 그러다가 묵은 활엽수 낙엽이 폭신하게 쌓여있는 길이라도 나오면 천사들이 발 마사지 해주는 느낌이 바로 이럴까 싶을 정도의 황홀 그 자체였습니다.

비싼 등산화와 비싼 장비로 승부를 봐야 하는 우리나라 등산 문화에서 신 없이 산을 다니기는 쉽지 않겠지만, 오늘처럼 사람이 없고 또 편안한 길에서는 해볼 만한 것 같았습니다. 맨발로 걷게 되면 발 쪽에 분포되어 있는 모세혈관과 자율신경들을 자극해 몸의 전체적인 혈액순환을 도와준다고 하는군요.

그로부터 19년간 맨발산행은 계속되었습니다. 한국의 어느 산이든 닥치는 대로 올라갔지요. 대청봉, 영남알프스, 공룡능선, 주작·덕룡산 등. 하산할 때는 검정고무신을 신었습니다. 고무신은 쿠션은 없지만, 등산화보다는 행동이 민첩했습니다.

흔히들 발을 '제2의 심장'이라고 말합니다. 발은 26개의 뼈, 32개의 근육과 힘줄, 107개의 인대가 얽혀있을 만큼 복잡한 곳이며, 신체의 2%만을 차지하면서도 나머지 98%를 지탱하는 몸의 뿌리라고 합니다. 걸을 때마다 체중의 1.5배에 해당하는 하중을 견디는 곳이며, 심장과 가장 멀리 떨어져 있으면서 심장에서 받은 혈액을 다시 올려보내는 곳이기도 하지요. 이들이 하루 평균 16시간 동안 우리의 몸무게를 지탱한다고 보면 됩니다.

하지만 사람들은 생각보다 발 건강을 챙기지 않습니다. 늘 양말이나 신발에 감춰져 눈에 보이지 않고, 다른 신체 부위보다 비교적 덜 민감한 탓에 문제가 생겨도 방치하는 경우가 많습니다.

산은 인간에게 말없이 행복과 평안(平安)함을 줍니다. 인간은 산과 같이 진실하고 정중한 마음으로 큰 역사를 이루어야 하고, 산처럼 지식과 인격이 장엄한 깊이 있는 사람이 되어야 합니다. 옛사람들은 산속에 사는 사람을 가리켜 신선이라고 하였고, 산골짜기에 사는 사람을 속인이라 하였으며, 낮은 골짜기에 사는 사람을 속물 인간이라 하였습니다. 깊은 산에 사는 사람에게는 호연지기가 있다고 공자는 말합니다. 그들은 산의 정기를 받아 영기가 넘치기 때문이지요.

"길을 가다가 돌이 나타나면 약자는 그것을 걸림돌이라 하고, 강자는 그것을 디딤돌이라고 합니다."

물 위에 뜬 오리

저는 고향이 시골인 터라 어린 시절 추억도 많습니다. 어렸을 때는 원동기가 달린 기계 장치가 없었습니다. 모든 밭일은 가축의 힘이 아니면 인간의 노동력에 의지할 수밖에 없었습니다. 아버지가 괭이로 땅을 파는 것을 보면 아주 수월해 보였는데, 괭이를 잡고 한나절 만에 노동에 지쳐 쓰러진 경험이 보는 것과 하는 것의 차이가 참으로 큼을 느끼게 해주었습니다.

경운기를 운전하기 전에는 천천히 움직이는 자동화된 기계라 쉬운 줄 알았는데, 울퉁불퉁한 밭고랑 사이를 운전한다는 것은 몸살 날 정도의 힘든 일이라는 것을 경험해 보고야 알았습니다.

더운 여름날 낫을 들고 풀을 깎아본 사람은 그 노동의 강도가 얼마나 강한 것인지를 압니다. 예초기를 지고 슬슬 풀을 깎는 것은 신선놀음이라고 생각했는데, 실제로 예초기를 지고 한 시

제2장_연약함과 더불음

간만 돌려도 팔에 알통이 생길 것처럼 힘이 듭니다.

호수 위에 유유히 떠서 노니는 오리 떼를 보면 그리 평화스러워 보일 수가 없습니다. 하지만 물 위에 떠있는 우아한 상태를 유지하기 위하여 물 밑에서 오리가 바쁘게 발질을 해야 한다는 사실은 인지하기가 쉽지 않습니다.

남들이 하는 것은 편하고 쉬워 보이고, 내가 하는 일은 어렵고 힘들어 보이는 것이 세상입니다. 그러니 내 일이 아니라고 함부로 판단할 일이 아닙니다.

세상 돌아가는 이치도 그러하지요.

이 세상에 쉬운 일은 없습니다.

그리고 누구나 할 수는 있지만 아무나 잘할 수 있는 것도 아니지요. 그러니 하심(下心)으로 맡은 일에 최선을 다하고, 상대방을 존중하되 스스로 낮아지는 겸손을 실천해야 합니다.

반야바라밀다심경(般若波羅蜜多心經)

저는 종교인은 아니지만, 가끔 성경이나 불경을 보곤 합니다. 경(經)이란 지구상에 존재하는 책 중에서 가장 위대한 것에 붙여지는 접미사이니까요. 『반야바라밀다심경』은 당나라 현장법

사가 한역한 것이며, 그 글자 수는 272자에 불과합니다. 하지만 불경으로서는 가장 유명한 경전이지요.

반야는 지혜를 의미합니다. 바라밀다는 피안으로 건너간다는 의미이지요. 즉, 도피안(到彼岸)의 의미입니다. 쉽게 말하면 지혜의 배를 타고 진여의 세계로 건너간다는 의미를 담고 있는 경전입니다.

이 경전의 내용은 너무 깊고 심오해서 글로 형용해 내기 어렵습니다. 그러나 대강을 정리하면 마음을 갈고 닦는 것에 귀결됨을 알 수 있습니다. 참된 마음, 교만하지 않은 마음, 영원히 마르지 않는 샘물 같은 마음, 긍정의 마음 … 이런 것들이 결국 해탈에 이르는 길이라는 것이지요. 그러니 마지막에 심경(心經)이라는 단어가 들어간 것입니다.

마음은 사람의 내면에서 우러나는 성품이고 감정이며, 의지의 주체입니다.

마음에 대하여 본격적인 관심을 가진 사람은 원효입니다. 그는 해골바가지 물을 벌컥벌컥 마시고 "마음이 없으면 감분(龕墳: 불상을 모신 감실과 시신을 묻은 무덤)도 다를 것이 없음을 알았다."라고 말합니다.

『논어』『헌문』 편에 나오는 일화입니다.

자로(공자의 제자)가 석문에서 묵게 되었는데 문지기가 물었습니다.

"어디서 오셨소?"

자로(공자의 제자)가 말했습니다.

"공 씨(공자) 문하에서 왔습니다."

그러자 문지기가 말했지요.

"아, 그 안 되는 줄 알면서도 그 일을 하는 사람 말인가요?"

공자는 그 시대에 대부분 사람의 시야에 불가능한 일을 꿈꾸는 그저 어리석은 사람으로 보였나 봅니다. 그러나 그는 4대 성인 중의 하나로 동양의 태두가 됩니다. 생각의 차이가 만들어 놓은 결과이지요.

[반야심경 4폭 병풍]

마음 밭을 잘 가꾸어야 합니다.

세상은 존재론적인 의미로

실존하지만

개인에겐 마음의 해석으로

존재하기 때문입니다.

내 얼굴의 모습

아마도 인류가 자신을 객관적 시각으로 보기 시작한 것은 냇가나 웅덩이에 자신의 모습이 비친 것으로부터 출발했을 것입니다. 거울의 조상 청동거울도 청동기시대에 비로소 출현한 것이니까요.

우린 하루에도 몇 번씩 거울 앞에 섭니다. 그리고는 가치 주관적인 나보다 보이는 나에 더 초점을 맞추게 되지요. 또한, 자주 봄으로 생기는 심리적 호감으로 인해 비교적 남들보다 좋게 평가하고 그만하면 잘생겼다는 착각에 빠지게 됩니다.

인간은 얼굴의 미세한 차이를 쉽게 감지할 수 있는 인지능력이 있습니다. 또한, 얼굴을 통해 신원의 확인뿐만 아니라 사람의 감정까지도 읽어내는 신기한 능력을 갖고 있지요.

주민등록증엔 사람의 얼굴 사진만 박혀 있습니다. 얼굴은 신체의 1/8 정도만 차지하는데도 말이지요. 즉 사람의 손이나 발의 모양이나 신장, 체중, 목소리 등은 어디에도 기록되어 있지 않습니다. 그것은 얼굴 외적인 모습이 덜 중요해서가 아니라 얼굴 이외의 다른 부분을 보고는 특정인을 인식하기 어려운 인지 구조를 갖고 있기 때문입니다.

사람의 얼굴은 하나의 풍경이요, 한 권의 책이라고 합니다. 화장으로 얼굴의 부족한 부분을 가릴 수는 있으나 표정이나 분위기에서 발산되는 대부분의 모습은 생각만큼 가려지지 않습니다. 얼굴은 결코 거짓말을 하지 않기 때문이지요.

얼굴 풍경은 붓과 솔, 로션이나 화장품이 아니라 걸어온 삶과 사고방식, 학식, 사려 깊은 행동, 온화한 마음가짐 등 자기 자신을 세상에서 제일 소중한 시간으로 채워갈 때 아름답게 그려질 수 있습니다.

아름다운 얼굴을 만들려면 거울 앞에서 시간을 보낼 것이 아니라 멋스러운 삶을 만들어가는 과정에 더 많은 시간을 투자해야 합니다.

또한, 항상 밝은 마음으로 관용과 배려를 잊지 말아야 하지요. 아름다운 얼굴은 내가 스스로 만들어가는 것이니까요.

"얼굴이 먼저 떠오르면 보고 싶은 사람이고,
이름이 먼저 떠오르면 잊을 수 없는 사람이다.
외로움은 누군가가 채워 줄 수 있지만,
그리움은 그 사람이 아니면 채울 수가 없다."
시인 이해인 수녀의 말씀입니다.

화려함과 조라함

어느 사람이든 식물이든 화려한 시기가 있습니다. 그때가 지나면 쉽게 기억하기가 어렵지요.

사람은 공직에 있을 때 존경을 받고, 봄엔 개나리와 진달래를 거쳐 벚꽃과 살구꽃이 조명을 받고, 지금은 아카시아가 주변에 참으로 많이 보입니다. 좀 있으면 골골마다 피어난 밤나무가 조명을 받을 시절이 도래할 것입니다.

중요한 것은 화려한 시절은 너무나 빨리 지나간다는 것이지요. 꽃이 필 때는 참으로 멋스럽지만 질 때는 썩 아름답지 못합니다. 사람도 마찬가지입니다. 그러니 화려함의 끝은 초라함일 수 있습니다.

좋고 나쁨이 화려함과 초라함에 있는 것은 아닙니다. 오히려 화려함 속에 삶의 진실이 가려져 허황되고 거짓된 삶이 만들어지기에 십상이며, 초라함에서 바르고 올곧은 심성이 길러지기 쉽습니다.

누구든 화려한 시기가 있습니다. 스포트라이트를 받고 성공 가도를 달리며 환호를 받는 인생에서 멋진 시기가 존재한다는 것이지요.

우리는 화려함 속에 초라함이 공존한다는 것이지요. 지금이 화려하다면 시들 수 있는 그 날을 대비해야 합니다. 화려함에 취하여 생각 없이 사는 어리석음을 범하지 말아야 합니다.

사회적으로 잘 나가던 사람이 인기가 떨어지고 인지도를 잃었을 때 삶의 희망을 잃고 극단적인 선택을 하거나 심리적으로 매우 불안정한 상태로 불행해 하는 경우를 봅니다. 애초에 유명하게 태어나지 않았으니 마음만 추스르면 초심으로 돌아갈 수 있을 것을⋯.잘 나갈 때 자신을 잘 살펴야 하는 이유이고

결코 오만해져서는 안 되는 이유이며
자신의 삶을 겸손하게 돌아보아야 할 이유입니다.

정승 집 개가 죽으면 문전성시를 이루지만, 정승이 죽으면 이웃집 개도 찾아가지 않습니다.

"이 시대에 살면서 '과연 내가 죽었을 때 얼마나 많은 사람이 추모할까?' 항상 살면서 마음속에 담아야 할 좌우명으로 되새겨 볼 문제이다."라는 김수환 추기경의 어록이 생각납니다.

털의 역사

"원숭이 똥구멍은 빠알개~."
어렸을 때 자주 불렀던 동요입니다. 이는 원숭이 엉덩이에만 털이 없기 때문에 생겨난 노래이지요.

지구상에 존재하는 포유류의 대부분은 온몸을 털로 감싸고 있습니다. 그런데 유독 인간은 신체의 극히 일부분에만 털이 남아있고, 나머지는 사라져 버렸습니다.

원숭이가 이상한 것이 아니라 인간들이 이상한 것이니 어쩌면 놀림감의 대상이 원숭이가 아니라 인간이 돼야 하는 것인데 주객이 전도된 느낌이 듭니다.

왜 인간의 몸에서 털이 없어졌을까요?

사냥할 때 몸에서 나는 열을 손쉽게 방출하고자 털이 없어졌다는 설도 있고, 초기 인류가 얕은 물에서 반 수중 생활을 하는 바람에 물속에서 거추장스러워 수생 포유동물처럼 털이 없어지게 되었다는 가설도 있고, 심지어 기생충의 서식지를 없애고자 털이 사라졌다는 설도 있습니다. 하지만 어느 것 하나 속 시원히 문제를 설명해주지는 못합니다.

머리와 겨드랑이 불두덩에 남아있는 털은 햇볕으로부터 몸의 보호와 페로몬을 퍼트리는 기능 때문에 살아남았다고 설명하기도 하지요.

영국 동물학자 데스먼트 모리스가 『털 없는 원숭이』라는 책을 펴낸 이후로 털에 대한 관심이 많아진 것도 사실입니다. 이제 우리네 인간으로 돌아와 성찰을 해보면 신체 외부로 드러난 털은 머리카락과 수염밖에는 없습니다. 수염은 대체로 밀고 살기 때문에 머리카락에 집중될 수밖에 없지요.

요즘은 남녀노소 할 것 없이 짬짬이 거울 앞에서 화장을 합니다. 그중에서 가장 공을 들이는 것이 머리카락이지요. 실제로 여성의 헤어스타일은 분위기와 멋을 내는 데 매우 큰 역할을 하는 것도 사실입니다.

일제 강점기 때에는 상투를 지키고자 목숨을 내놓는 경우도 있었고, 70년대에는 남성의 장발을 단속한 적도 있습니다.

많은 규제가 풀어진 지금, 하고 다니는 것은 자신의 몫이겠지만, 명품 헤어스타일만 고집할 것이 아니라 명품 인생도 함께 꿈꾸었으면 하는 바람이 있습니다.

탱자나무 밑에서

주말이 되면 남들은 약초산행이다, 등산이다, 여행이다 하루를 알차게 보내는데, 이 몸은 한곳에 묶여 오도 가지도 못하는 신세가 됐으니 신세타령에 한숨만 쉬고 짬을 내어 장위동 거리를 돌아봅니다.

재개발지역인 오래된 집터에 쓰러져가는 큰 고목이 서있습니다. 나무를 보고 있으면 세월이 보이고 약초 산행 시절의 쓰러져가는 무수히 많은 고목을 생각해 봅니다. 등걸에 켜켜이 붙어있는 거친 껍질에 인고의 세월, 오랫동안 그 자리를 지킨 고독이 묻어있습니다.

누군가의 관심이 없어도 향기에 취(醉)하고, 열매를 취(取)하며, 그늘의 은혜로움을 입고도 감사하는 념(念)을 고백하지 않아도 나무 아래서 청춘 남녀들의 사랑과 이별이 존재한다고 해도 나무는 마냥 그 자리에서 잎을 틔우고 꽃을 피우고 열매를 맺습니다.
즉 한결같음과 변함없음의 아이콘이 나무인 셈이지요.

이 나무는 수령이 족히 200년은 넘은 듯한 탱자나무 같군요. 이제 고목이 되어 비비 틀어진 자태엔 세월이 휘감겨 있고, 지난 겨울 혹독한 추위에 일부는 말라 죽었지만, 낭만의 봄을 맞아 여전히 꽃을 피워 향기가 풀풀합니다.

오늘날 우리가 사용하고 있는 향기는 6,000종이나 된다고 합니다. 그중에 4,000종은 식물이나 동물 등 자연에서 얻어진 것이라고 하고, 2,000종이 합성물질이라고 합니다. 인공적으로 향기를 만드는 기술이 아무리 발전한다고 하더라도 봄속 자연에 흐드러지게 피어있는 꽃이나 삼림이 자연스럽게 뿜어내는 녹색의 향기보다 나을 수는 없습니다.

아침에 싱그러운 봄내음에 실려 코끝을 스치는 꽃의 향은 세월이 주는 또 다른 선물입니다.

한자 성어에 다음과 같은 것이 있습니다.

화향백리(花香白里) 꽃의 향기는 백 리를 가고

주향천리(酒香千里) 술의 향기는 천 리를 가지만

인향만리(人香萬里) 사람의 향기는 만 리를 간다.

난향백리(蘭香白里) 난의 향기는 백 리를 가고

묵향천리(墨香千里) 먹의 향기는 천 리를 가지만

덕향만리(德香萬里) 덕의 향기는 만 리를 간다.

요즘 봄 향기를 대하며 더불어 사람 냄새나는 싱그런 세상을 꿈꾸어봅니다.

촌스러움

저같이 촌에서 나고 자라 약간의 어수룩함을 간직한 사람을 우린 촌스럽다고 표현합니다. 촌스러운 것은 세련됨과는 거리가 멀고, 그 말 속에는 상대방을 약간 얕잡아보는 비하의 념(念)이 실려있습니다.

그러니 촌티 난다거나 촌빨을 날린다는 표현은 있어도 서울티 난다거나 도시빨을 날린다는 표현은 없습니다.

저는 도시화의 물결 속에서 뒤처져 영악스럽지 못한 시골스러움이 좋습니다.

어쩌면 현대인들은 변화와 속도가 대세인 사회에서 그 반대급부로 시골의 고즈넉함과 여유로움을 동경하고 꿈꾸는지 모릅니다.

4월의 들녘엔 볍씨를 물에 불려 대나무를 휘어 야트막한 비닐하우스로 모판을 만드는 전원 풍경과 호박씨를 심고 그 부분에만 고깔처럼 비닐로 씌워 놓은 모습들, 달래, 냉이, 고들빼기, 둥굴레, 삽추, 잔대, 더덕 등등 산야에 지천으로 널려있는 먹거리들 느릿느릿하지만 꾸준함이 있는 들녘이 참으로 좋습니다.
어쩌면 촌스럽다는 것, 시골스럽다는 것은 고향스럽다는 말과 동격이고, 푸짐함의 상징입니다. 이웃과의 소통을 외면한 개별화된 삶 속에서 이루어지는 일상보다는 마을 앞에 큰 솥단지를 걸어놓고 공동체 속에서 함께하는 삶이 더 어울리는 법이니까요.

도시가 군중 속에서의 고독을 의미한다면 시골은 자연 속에서 정을 바탕으로 한 어울림을 의미합니다. 도시에서 느낄 수 없는 정감이 시골엔 어느 곳이나 질펀하게 녹아있기 때문입니다.

제2장_연약함과 더불음

먹고 살기 힘든 세상.

감옥살이로 바깥세상을 등지고 사는 이 마음.

마음은 항상 약초 회원들과 깊은 산 속에서 작품이 될 수 있
는 약초(도라지, 하수오)를 캐는 생각에 잠겨있습니다.

[2016년 5월
무인도 장생도라지]

식물의 방어기제

자연 다큐멘터리를 보니 이런 내용이 있습니다. 식물은 지구상

에서 유일하게 스스로 영양을 만들어내는 생물입니다. 이런 현상을 자가영양이라고도 하고, 독립영양이라고도 표현하지요. 평생을 제 자리에서 움직이지 못하고 살아야 하는 식물들도 스스로를 지키는 방어기제를 갖고 있습니다. 상당히 전략적이기까지 하지요.

우리가 숲에서 삼림욕을 하는 이유는 피톤치드라는 물질 때문인데요. 식물이 병원균이나 해충, 곰팡이 등에 저항하기 위해 스스로 내뿜거나 분비하는 물질입니다.

흑겨자의 자기방어 능력은 애절하기까지 합니다. 나이 애벌레가 자신의 잎에 알을 낳으면 스스로 주변의 세포 조직을 괴사시켜 알이 제대로 부화하지 못하도록 막습니다. 일종의 고육지책인 셈인데 그 생존 본능이 눈물겹습니다.

구근류로 레코드판의 확성기처럼 커다란 꽃으로 아름다움을 뽐내는 봄철의 아마릴리스도 이를 먹으면 구토나 설사, 복통, 침흘림 등을 유발하는 독성을 갖고 있습니다. 이러한 독성이 천적으로부터 자신을 지켜주는 역할을 하지요.

그런가 하면 가시로 온몸을 치장하여 적으로부터 공격을 방어하는 나무도 많습니다. 두릅, 가시오가피, 엄나무, 산딸나무 등등의 나무가 그러하지요. 가시가 많은 나무는 이미 방어기제를 갖고 있는 덕에 독이 없는 것이 특징입니다.

봄철 산에 오르면 가시가 많은 나무가 종종 보입니다. 대부분은 독성이 없는 나무이니 그 여린 잎을 따 데치거나 삶아서 묵나물이나 무쳐 먹어도 별 탈이 없답니다.

산이 날로 푸르러갑니다. 산은 푸르러야 진정한 멋이 느껴지지요. 그 산에 들면서 식물과 산을 배우고 이해한다면 좀 더 좋은 산행이 되지 않을까 하는 마음에 몇 자 끄적여봅니다.

산이 주는 고즈넉함 속에서의 행복을 가끔씩 맛볼 수 있는 넉넉한 생활을 즐기시기 바랍니다.

소중하다는 것

"네 장미꽃을 그렇게 소중하게 만든 것은
그 꽃을 위해 네가 소비한 시간이란다."

짧지만 여운이 긴 책, 『어린 왕자』를 다시 읽었습니다.
눈에 보이지 않던 글귀가 마음으로 들어와
잘 보이는 다이어리 귀퉁이에 적어 놓았습니다.

볼테르는 이런 말을 했습니다.

"이 세상에서 모든 사물 중에서 가장 길고도 짧고, 가장 빠르고도 느리고

최소의 분할과 최대의 확대가 가능하고, 가장 경시되면서도 가장 아낌을 받고

그것 없이는 아무 일도 하지 못하며, 비천한 것을 모두 삼켜버리고

위대한 모든 것에 생명의 입김을 불어넣는 것."

위의 표현은 무엇을 의미하는 것일까요?

네, 바로 시간에 대한 철학적 표현입니다.

아무리 향기가 좋아도 관심이 없으면 쳐다보지 않습니다.

아무리 매혹적인 사람일지라도 관심이 없으면 그냥 스쳐 지나가는 것이겠지요.

관심도 세심한 시간을 들여야 합니다.

새해가 시작된 것이 어제인 듯한데 벌써 1월 중순이 되었습니다.

세상을 살면서 낭비되는 시간이 너무 많은 것에 놀랍니다.

종일 멍 때리고 있거나. 핸드폰 삼매경에 빠져있거나, 늦잠에 취해 있거나, TV에 영혼을 털리고 있거나

술집에서 죽치고 앉아 시간을 죽이거나, 의미 없는 일을 계속하고 있지는 않나요?

소중한 것을 위해 시간을 써야 합니다.

그 시간이 소중함의 가치를 더 높여주니까요.

내 옆에 사랑하는 사람이 있다면 더욱 그러해야 합니다.

열 번 찍어 안 넘어가는 나무는 있을지라도

적어도 시간을 공들이면 그 공의 의미는 알 수 있을 테니까요.

나무늘보

지구상에서 가장 느린 동물로는 나무늘보를 꼽을 수 있습니다.

하루에 보통 18시간 이상을 자고 나무 사이를 옮겨 다니며 사는데 평균 시속이 900m랍니다.

평생을 잠을 잔다고 해도 과언은 아니겠지요.

광속의 시대에 나무늘보는 인간과 얼마나 다른 생활방식으로 삶을 살아가는지를 몸으로 보여줍니다. 세상에서 가장 지루한 중학교는 '로딩중'이라고 합니다. 5초를 기다리는 것도 인내하지 못하는 것이 현대인의 특징이지요.

어쩌면 나무늘보는 속도를 포기한 대신에 넓이와 깊이를 헤아리는 여유를 얻었는지 모릅니다.

'슬로우 쿠커'라는 솥이 있습니다. 닭백숙을 만들어 먹기엔 안성맞춤이지요. 닭백숙을 만드는 데도 많은 시간을 들여야 합니다. 겨우살이, 엄나무, 벌나무, 더덕, 오가피, 엉겅퀴, 대추, 밤, 황기, 찹쌀 등 무수히 많은 몸에 좋은 재료가 들어갑니다.

은근히 익어 맛을 내는 그런 솥인 셈이지요. 저온 요리로 영양소 파괴가 적고 눋지 않게 진국을 만들 수 있는 장점이 있는 솥이라 하는군요.

성질 급한 사람과는 어울리지 않는 것들이지요. 요즘엔 자동차나 음악이나 삶의 모든 것들이 빠름에 맞추어져 있습니다. 하지만 단지 몇 줄로 요약된 고전의 내용으로는 원전에서 우러나오는 형언할 수 없는 감동을 재현할 수 없는 일이고, 사뭇 빠른 비트의 음악에서는 느리지만 아름다운 선율 속에서의 편안함을 느낄 수는 없는 일입니다.

길가에 예쁜 꽃이 피어있다고 하더라도 멈춰서 감상하지 않고는 그 아름다움을 느낄 수 없는 것처럼 우리 삶에서도 여유를 가져야 진실이 보이는 경우가 많습니다.

느리게 산다는 것은 주변을 돌아보며 배려하며 산다는 것을 의미합니다. 다만 게으름과 느림을 혼동해서는 안 될 일이지요.

매일매일 복잡한 생활 속에서도 침묵의 산을 바라볼 수 있어야 하고, 빠른 자가 항상 승리하는 것이 아니라 빠른 것보다 더 중요한 것도 있음을 인지해야 하고 낙락장송이 그토록 큰 성장을 이룬 것은 천천히 서두르지 않고 꾸준히 자랐기 때문이라는 것을 기억해야겠지요.

자연은 진정한 예술

너구리잡이

춘삼월(春三月) 긴 해거름 꾀꼬리 우는 소리에 얼어붙었던 대지가 화들짝 놀라 거룩한 생명 교향곡이 온 들에 넘실댑니다.

비록 산천초목만 그러한 것이 아니라 따뜻한 기운으로 새 생명을 잉태하려는 동물들의 모습도 그러합니다. 봄은 이렇게 넘치는 활력으로 가득한데…. 사람만 춘곤증으로 무기력하다고 하니 아이러니 한 일이 아닐 수 없습니다.

제 고향인 춘천산 중턱에 우뚝 선 벼랑 아래 커다란 굴이 있었습니다. 지게를 지고 그곳을 지날라치면 왠지 모르게 무섬증이 일곤 했던 곳이지요.

눈 내린 겨울이면 굴 앞에 어지러이 흩어진 발자국과 뜯겨져 뒹구는 여러 가지 종류의 털들…. 너구리나 오소리, 아니면 살쾡이가 살고 있었는지 모릅니다.

중학교 다닐 때 양지바른 마당에서 구멍 파고 구슬치기를 하다가 굴속에 어떤 것이 사는지 잡으러 가자는 이야기가 화근이 되어 조무래기 여섯이 장작개비를 짊어지고 산을 올랐습니다.

굴 앞에 호기롭게 늘어서 포위망을 치고 검불을 주워 모아 불을 피우고 생나무 가지를 꺾어 연기를 피워 굴속으로 밀어 넣는 것이 작전의 핵심이었습니다. 연기를 못 참고 무언가가 굴에서 뛰쳐나오면 장작으로 두들겨 패겠다는 원대한 계획이었지요.

연기를 생산하는 데까지는 수월하였으나 굴이 아래로 향해 있어 연기를 밀어넣는 것이 만만치 않았습니다. 외투를 벗어 휘둘러 보기도 하고, 얼굴이 벌겋게 되도록 불어보기도 했지만 야속한 연기는 아이들의 눈알만 빨갛게 충혈시켜 놓고는 허무하게 허공으로 사라졌습니다.두어시간을 어지럼증에 시달린 끝에 결국 우리의 작전은 실패로 막을 내리게 되었고, 호기롭던 모습도 사라지고 검댕이 묻은 얼굴은 그렇다 치더라도 옷을 버려놓았으니 뒷감당에 집 삽작(사립문)에 들어서는 것이 무서웠더랬지요.

그 시절만 해도 수렵본능이 삶 속에서 꿈틀대던 때였는데 이제는 보호하고 더불어 사는 시대로 바뀌었으니 뽕나무가 푸른 바다가 되었다는 말이 실감 납니다.

그래도 정겨움으로 함께한 친구들과 무모함이 무모함으로 다가오지 않았던 그 어렸던 시절이 참 그립습니다.

애완견 사랑

우리 집에 식구가 하나 늘었습니다. 강아지 품종이 포메라니안, 이름은 '마리' 녀석인데요. 처음에는 막내딸 아는 언니 사정으로 두 달간 키우기로 하고 데려온 녀석입니다. 아파트에 강아지 4마리, 고양이 3마리 총 7마리 엄청난 대식구 가족입니다. 모두가 반려동물이지요.

이 녀석은 처음부터 동료들과 붙임성도 있고 볼일도 잘 보고 해서 '역시 족보 있는 강아지는 다르구나.' 생각을 했죠. 두 달이 지나 이별의 시간이 다가오자 이제는 저희가 안달이 났습니다. 마리의 초롱초롱한 눈과 꼬리 흔들며 엉덩이를 실룩실룩 걷는 모습이 눈가에서 며칠 동안 지워지지 않더군요. 도저히 못 참겠어서 반강제적으로 뺏어왔습니다.

한자 말에는 "걸견폐요(桀犬吠堯)"라는 말이 있습니다. 즉, 걸

왕(포악한 왕)의 개가 요 임금(훌륭한 왕)을 보고 짖는다는 의미로, 선과 악을 가리지 않고 그 주인에게 무조건 충성함을 이르는 말입니다.

개처럼 충직한 동물은 찾아보기 힘듭니다. 의리를 배반하지 않으며, 사람을 잘 따르고 보호하는 모습을 보이지요. 주인에게 버림받은 줄도 모르고 헤어진 장소에서 주인을 기다리다 사고와 굶주림으로 죽은 개들도 흔히 볼 수 있습니다.

인간은 자신의 외로움을 달래기 위하여, 잠시의 즐거움을 맛보기 위하여 동물을 기르는 사람이 많습니다. 그러다 싫증 나면 가차 없이 버리기도 하지요. 넘치는 유기견들이 이를 증명합니다.

키우던 생명을 파양하고 방치하는 사람이 가정에 최선을 다하더라도 그게 어디까지 갈지 끝까지 지켜보고 싶습니다. 자신의 희생 없이는 아무것도 할 수 없다는 뜻이지요.

인간은 생명현상의 어느 것 하나라도 만들어 낼 수 없습니다. 생명을 소중하게 다루어야 하는 큰 이유이지요.

미국에서 앙케트 조사한 결과입니다. 옆에 있으면 가장 행복하고 편안한 상대의 1위는 애완견이었구요. 옆에 있어서 가장 열받고 짜증 나는 상대의 1위는 배우자였습니다.

그루터기

그루터기는 베어진 나무의 밑동을 의미합니다. 천 년을 굵어 온 아름 등걸이 하늘 향해 벌린 푸른 가지와 자신의 존재를 마음껏 펼치던 붉은 열매를 다 버린 후에 가슴에 남겨진 옹이처럼 땅에 붙어 존재의 흔적을 기리는 것이 그루터기입니다.

그루터기는 이미 모든 욕망을 떨쳐버리고 흙과 동질화되어가는 황혼 무렵의 쓸쓸한 뒤안길입니다.

뜨거운 가슴, 사랑으로 타오르던 희열도 있었으나 지금은 적막한 땅, 회색빛 기운이 감도는, 그저 내가 이렇게 살았다는 존재의 의식마저도 희미해져 오가는 사람들에게 편히 앉아 쉴 곳을 제공해주는 것으로 만족하는 그루터기는 마음의 고향과 같은 것입니다.

모든 것을 내려놓고 텅 빈 마음이 될 때 새로운 사랑과 가치를 들여놓을 수 있습니다. 욕심의 긴 터널을 빠져나와야만이 자기 자신의 참모습을 온전히 볼 수 있듯이 말입니다.

그렇게 무관심으로 잊혀 가고 세월의 흔적으로 사라진다 해도 묵은 그루터기에서도 새순이 돋을 때가 있습니다.

그것이 새로운 천 년의 준비가 되지는 못할는지 모릅니다. 하지만 마지막 순간에도 의미 있는 것을 준비하는 그루터기의 모습은 숭고하기까지 합니다.

술과 매, 세월 앞엔 장사가 없다고 합니다. 흐르는 세월 속에서 언젠가 역사의 뒤안길로 퇴장할 때 흔적으로 남더라도 남에게 쉼을 제공하는 그런 그루터기 모습을 소망해 봅니다.

도로 가의 코스모스

깊어가는 가을 속에 몸이 아픈 동서형님을 위해 다슬기 잡으러 홍천에 다녀왔습니다. 다슬기는 『동의보감』에도 나와 있듯이 간 기능을 향상시켜 주는 물속의 웅담입니다. '환자를 위해 뭔가 보탬과 도움이 될까?' 그런 생각을 한 거죠.

밤길 양안으로 흐드러지게 도로변에 한 줄로 피어있는 코스모스가 가녀린 몸짓으로 환영하는 길을 되도록 천천히 운전하며 가을을 가슴 가득 들여놓는 시간을 가졌습니다.

군락을 이룬 꽃의 행렬을 보면서 한 가지 의문이 들었습니다. 코스모스는 여러 대에 걸쳐 생장(生長)과 소멸의 과정을 겪으면서 씨앗을 퍼뜨리고 있는데 유독 길가에만 코스모스가 무리 지어 자라나고 길을 벗어난 곳에서는 그 개체를 찾아보기가 어렵다는 사실이지요.

저는 그 이유를 알지 못합니다. 어쩌면 자동차의 여운에 흔들리는 모습의 평화로움과 인간세상을 살짝 들여다보는 느낌, 꽃 스스로 그것을 즐기기에 그럴지도 모르지요.

꽃을 보면서 도종환 님의 시가 떠올랐습니다.

"흔들리지 않고 피는 꽃이 어디 있으랴
이 세상 그 어떤 아름다운 꽃들도
다 흔들리면서 피었나니
흔들리면서 줄기를 곧게 세웠나니
흔들리지 않고 가는 사랑이 어디 있으랴

젖지 않고 피는 꽃이 어디 있으랴
이 세상 그 어떤 빛나는 꽃들도
다 젖으며 피었나니
바람과 비에 젖으며 꽃잎 따뜻하게 피웠나니
젖지 않고 가는 삶이 어디 있으랴"

세상을 흔들리지 않고 살아낼 수 있다면 얼마나 좋을까요? 우린 때때로 금전 앞에서 나약해지고, 멋진 이성 앞에서 병을 앓고, 권위 앞에 신념이 나약해집니다. 어쩌면 흔들리는 것이 진리입니다.

코스모스를 봅니다. 약한 바람에도 한들한들 춤추고 광풍에 걷잡을 수 없는 소용돌이에 파묻히지만, 결과는 다시 줄기를 곧 추세운다는 사실입니다.

가을입니다. 길가에 코스모스가 지천입니다. 흔들려도 결코 쓰러지지 않는 코스모스는 가을을 지키는 진정한 성자일지 모른다는 생각을 했습니다.

참된 친구는 흔들리지 않는 것이 아니라 흔들려도 옆에 있어주는 것이란 글이 이명처럼 남았습니다.

삶의 뿌리

흙을 일구고 과일과 채소를 가꾸며 평생을 살아온 사람들에겐 순박 이상의 술수를 찾아볼 수 없습니다. 흙처럼 믿을만한 한 것이 없으며, 땀처럼 정직한 것이 없기 때문입니다. 이번 구정(설) 날 시장의 모습이 더욱 그러하지요.

우린 농부를 비천하다고 업신여기거나 배움이 짧다고 함부로 생각하기 쉬우나 어쩌면 그들은 자연에서 배운 지혜의 깊이로 삶의 달관의 경지에 올라있는지도 모를 일입니다.

영악한 도시민의 잣대로서가 아니라 삶을 사랑하고 이웃을 사랑하는 행복지수의 잣대라면 그들은 충분히 대우받을만한 자격이 있으니 말입니다.

우리 삶의 뿌리는 기계화되고 획일화되고 메마른 도시가 아니라 부드럽고 촉촉하며, 포용력 높고 생산력이 있으며, 살아 움직이는 여유로움이 넘치는 시골입니다.

자신의 딜레마에 빠지지 않으려면 올바른 판단을 갖추려고 노력해야 합니다. 높은 경지에 오른다는 것은 자신을 드러내는 것을 의미하는 것이 아닙니다.

최고의 전략가는 싸우지 않고 승리하는 법을 터득하며, 훌륭한 지도자는 무력을 사용하지 않고, 잘 싸우는 자는 결코 화를 내지 않습니다.

시골살이의 넉넉함 속에서 자신을 드러내지 않는다는 이유 하나만으로 그들의 삶의 모습을 폄하해서는 안 될 것입니다.

최고의 삶은 자연을 닮아가는 것입니다. 흙이 인생을 기름지게
하고 삶을 넉넉하게 합니다.

뒷모습

우린 사람의 뒷모습보다는 앞모습에 익숙합니다. 여간 친하지
않고는 뒷모습을 길게 바라볼 기회가 없지요. 누군가의 뒷모습
이 보이기 시작하면 그건 사랑이 시작된 겁니다.

겉옷이 멋있다고 속옷까지 멋진 것인지 알 수 없듯이 껍데기가
멋있다고 내면까지 멋진 것인지는 알 수 없습니다.

어쩌면 사람은 헤어지고 나서의 모습이 인식의 골에 깊게 각인
되어 있는지 모릅니다. 뒷모습엔 오래된 벽처럼 누추함을 감추지
않는 삶의 진솔함이 묻어 있습니다.
사람 내면도 뒷모습에서 솔직하게 나타납니다. 있어야 할
때와 떠나야 할 때를 알고 행하는 사람의 뒷모습이 멋진 이유

이기도 하지요.

행복한 사람이 남긴 발자취가 아름답듯이, 행복한 사람의 뒷모습도 아름답습니다.

진정한 멋은 외부로 드러나는 곳에 있지 아니하고 보이지 않는 곳에 존재합니다.

『그리운 것은 모두 등 뒤에 있다』라는 시처럼 앞모습은 말을 하지만, 뒷모습은 말이 없습니다. 뒷모습은 말이 없지만, 말없음 가운데 더 많은 말을 하기도 합니다.

옛날 과수원을 할 때 상자 단위의 포장을 하는 경우가 많았습니다. 보이지 않는 아래쪽에는 볼품없는 과일을 잘 보이는 윗부분에는 먹음직한 과일을 넣는 것이 일반적인 포장법이었던 시절이었지요.

하지만 아버지는 결코 그런 꼼수를 쓰지 않으셨습니다. 하루 이틀 과수원 할 거 아니면 절대로 얕은수로 상대방을 속이면 안 된다고 하셨죠. 신용의 깊이가 중요한 것이며 얕은 물에는 결코 큰 배를 띄울 수 없다는 것을 아버지의 뒷모습에서 느낄 수 있었습니다.

거울 앞에서도 얼굴만 바라보지 않고 보이지 않는 내면까지도 비추어 볼 수 있는 사람이 되고 싶습니다.

산울타리

제가 태어난 춘천 시골집은 새소리와 계곡물 소리에 하루가 짧습니다. 해가 뜨면 동물들의 울음으로 하루 일과가 시작됩니다. 지나가는 사람의 목소리는 들을 수 없지만, 산간지방에 울려 퍼지는 뻐꾸기, 제비, 청개구리, 수탉, 염소, 백구, 암소, 바람 소리 등 조용한 날이 없습니다. 동물들은 습관적으로 운다고 표현해서 그렇지만, 사실은 노래를 하는 것이 맞는 표현일지도 모릅니다.

야트막한 산에 포근히 안겨있는 시골집. 개구리가 아련한 밤을 지새우고, 냇물이 졸졸 흐르는 그득한 집 앞, 다랑이 논에 심긴 모가 유월을 노래합니다. 여름이면 오디며 산딸기, 가을이면 머루와 다래가 지천으로 익어가는 시골은 무릉도원 그 자체입니다.

초가집 주변에는 싸리나무로 조그만 울타리를 엮어놓고 마치 사유지인 양 영역을 침범하면 안 되는 선을 그었지요. 싸리나무는 울타리뿐만 아니라 채반이나 삼태기, 바구니, 소쿠리, 광주리, 빗자루, 회초리 같은 도구로도 쓰이고 바람을 막아주는 방풍 역할도 이 싸리나무입니다.

울타리 밑에는 나팔꽃을 촘촘히 심었지요. 노랫말처럼 아침에 만개했다가 낮이 되면 오므라드는 나팔꽃은, 한곳으로 그리움을 던지며 가을까지 꾸준히 피고 지는 걸 반복한답니다.

우리는 시골을 정겹다고 하지 도시의 빌딩 숲을 정겹다고 하지 않습니다. 그건 아마도 그 모습들이 추억 속에 자리하고 있기 때문인지 모릅니다. 선사시대의 박물관보다 60년대의 추억 박물관이 훨씬 재미있는 이유도 그 기쁨의 본질이 경험에 뿌리하고 있기 때문일 것입니다.

옛날에는 유월 초에 모내기를 하였습니다. 경운기가 없었던 시절이고 보면 그리 바쁠 것 같지 않은 진양조의 농요(農謠) 속에 하루해가 저무는 한가로운 농촌은 평화 그 자체입니다.

다산 정약용이 쓴 책 중에 이 대목이 생각납니다.
"농부는 굶어 죽어도 종자는 베고 잔다(農夫餓死 枕厥種子)."라는 말이 있습니다. 전통적인 농경문화인 우리나라에서 농사를 지을 때 가장 중요한 것은 씨앗입니다. 아무리 넓은 농토를 가진 부자라도 씨앗이 없다면 농사를 지을 수 없습니다. 농사를 짓는 사람에게 무엇보다 소중한 씨앗만큼은 굶어 죽을지언정 건드리지 않는다는 속담이 생긴 것입니다.

육체적으로 힘이 드는 것과 마음의 평안을 얻는 것은 별개의
문제라는 것을 세월이 많이 지나고 나서야 알았습니다. 도시에
살면서 시골을 잊은 것도 문제이지만, 소중한 이웃 간의 정을 잊
은 것은 더 큰 문제입니다.

나이 들어 농촌을 찾아가는 이유는 농사 자체가 그리워서가
아니라. 우리가 잊고 살았던 따뜻한 정이 그립기 때문이 아닐까
그런 생각이 들었습니다. 우리가 더불어서 함께 살아가야 할 큰
이유이지요.

제3장_자연은 진정한 예술

땡볕에선 낙타

아시다시피 우리나라엔 사막이 없습니다. 사막의 풍경을 동경하는 사람들에겐 미안한 일이지만, 쓸모없는 땅이 없다는 것은 축복을 받은 셈이지요.

사막에서 가장 훌륭한 운송 수단은 낙타입니다. 낙타는 그늘 하나 없는 땡볕에 서면 등을 돌리는 것이 아니라 해를 마주 본다고 합니다. 해를 등지면 오히려 몸통의 넓은 부위가 노출되어 더워지지만 마주 보면 얼굴은 뜨거워지더라도 몸통 부위에 그늘을 만들어 오히려 견디기가 쉽기 때문이라고 하지요.

이는 도전의 문제입니다. 호랑이 새끼를 잡으려면 호랑이 굴로 들어가야지요. 어쩌면 반쯤 정신 나간 또라이 같은 인간으로 볼 수도 있겠으나 회피만으로는 좋은 결과를 얻어낼 수 없습니다.

위기나 고비는 언제나 우리 앞에 도사리고 있어요. 하지만 위기는 기회일 수 있습니다. 만약에 위기가 없었다면 인류의 발전을 기대할 수 없었을지 모릅니다.

『생활의 달인』이라는 프로를 자주 봅니다. 일명 스타킹이라 부르죠. 그 프로의 목적은 특이한 재주꾼을 보여주는 삶의 일 말이 아니라 지극히 평범하고 하찮은 일일지라도 자기가 하는 일에 재미를 갖고 최고가 되려고 노력하는 모습의 아름다움에 있습니다.

자기 일에 정면으로 승부하지 않았다면 그런 결과를 얻을 수 없었겠지요. 얼마나 오랫동안 일을 했느냐는 중요하지 않습니다. 어떤 사람으로 성장했느냐가 중요한 것이지요.

승부하지 않고 도망가는 것보다 완패당하고 녹다운당하는 쪽이 정신건강에 이로울 수도 있습니다. 산이 무서워 못 가는 사람들, 힘들어 올라가지 못하고 포기하는 사람들 주위에 많습니다.

그것이 땡볕을 마주한 낙타에게서 배울 수 있는 큰 교훈이지요.
도전…. 도전이라는 그 생각 자체만으로도 70% 성공했다고 봐야 합니다.

검정고무신 회상

．．．．．．．．．．

　우리들의 선친께서는 어려운 시대에 태어나 평생을 농촌에 사셨다 해도 과언이 아닐 겁니다.

　농경사회에 주로 삶을 사셨던 아버지는 가을걷이 후의 볏짚만 있으면 못할 일이 없으셨습니다. 실한 볏단을 골라 끝을 가지런히 찧어서 지저분한 우수리를 제거하고 나면 새끼 꼬기 좋은 상태의 볏단이 됩니다.

　시골 우리 동네에도 아버지는 새끼 꼬는 데는 당연 명장감이어서 두 손에 볏짚을 끼고 비비기만 하면 놀라우리만큼 빠르고, 정교하고, 긴 새끼가 꼬아지곤 했습니다.

　아버지는 그 새끼를 가지고 멍석을 만들기도 했고, 삼태기, 다래끼, 가마니 등 생활에 필요한 것을 무엇이든 만들어 쓰셨습니다. 가끔은 짚신을 만들기도 했는데, 만드는 것만 보았지 직접 신은 기억은 없습니다.

　유년시절 가장 좋은 신은 검정고무신이었습니다. 금권선거가 판치던 시절에 국회의원 후보가 인심 좋게 내민 것도 검정고무신이고, 어쩌다 가위소리를 내며 들른 엿장수의 기호품도 검정고무신이었습니다.

이 신의 용도는 너무나도 다양해서 일일이 열거하기 어렵습니다.

봄이면 올챙이며 피라미 새끼를 잡는 도구로 쓰이고, 여름엔 뱃놀이며 댐놀이의 수문 역할을 훌륭히 했습니다. 특히 가을에 코스모스 숲에서 벌을 잡아 빙빙 돌리다 땅에 패대기쳐 사망 직전의 벌꿀을 빼앗아 먹을 때의 용도는 무엇과도 비교할 수 없이 좋은 것이었습니다.

겨울엔 다 떨어진 신발을 몰래 가지고 나가 불장난의 도구로 쓰기도 했습니다.
파란 불똥을 뚝뚝 떨기며 오랫동안 타는 고무신은 불장난 재료로는 최고의 인기였으니까요.

고무신은 물이 새지 않아 좋은 점도 있지만, 여름에 땀이라도 날라치면 쫄딱거려 신발이 뒤집어지기 일수이고, 좀 닳아 고무가 얇아지면 발바닥이 아파 힘들기도 했지요.

가끔 큰물이 나면 물을 건너다 신을 떠내려 보내곤 망연자실한 때가 있었습니다. 집에 돌아가 혼날 생각을 하면 맨발로 걷는 아픔은 아무것도 아니었지요.

그로부터 긴 세월 후 산악회의 일원으로 산에 갑니다.

설악산 대청봉, 지리산 천왕봉, 영남 알프스, 해남 주작·덕룡산 등 여러 곳을 맨발로 갑니다. 발바닥에 피가 나고 멍이 들어도 꾹 참고 견딥니다. 서리가 내리는 추운 겨울 날씨에 돌부리와 나무뿌리를 걷어찰 때의 아픔은 느끼지 못한 사람은 모를 겁니다.

이것은 오늘 저의 인내심을 키우는 한 수단이기도 하지요. 등정할 때는 맨발로, 하산할 때는 스피드를 키우기 위해 검정고무신을 신습니다.

요즘은 물자가 너무 흔해 탈입니다. 몽당연필을 볼펜 뒤에 끼워 끝까지 쓰던 절약정신은 약에 쓰려고 해도 없습니다.

어른이 되어도 부품이 망가진 가전제품을 수리해서 쓸 줄 모르고 통째로 바꿔야만 하는지 아는 소비일변도의 삶을 살고 있습니다.

절약하며 사는 것 하고, 인색한 것은 분명 다른 개념일 것입니다. 자녀들에게 근검하는 실천 사례의 수기 한 편을 읽히기 힘든 요즘의 입시일변도의 삶이 원망스럽습니다.

옛날은 돌아갈 수 없는 먼 곳에 아스라이 존재하기에, 추억의 뇌리 속에 차곡차곡 접혀있기에 더 소중한지 모릅니다.

그래서 지금도 옛날이 그립습니다.

누에치기

먹고살기 힘든 70년대 어린 시절. 그 당시 우리 시골집은 뽕나무를 심고 가꾸어 누에치기에 여념이 없었습니다. 봄에는 춘잠, 가을에는 추잠이라고 해서 일 년에 두 번씩 누에 농사를 지었지요.

농협에서 까만 좁쌀보다도 작은 누에씨를 사다가 따뜻한 아랫목에 놓으면 누에는 꼬물꼬물 알에서 깨어납니다. 뽕잎을 최대한 잘게 썰어 올려주면 까만 실개미 같은 누에가 뽕잎을 먹기 시작합니다. 이때부터 뽕잎 대책을 세웁니다.

시골집에서 삿갓봉까지의 거리는 왕복 20km가 넘습니다. 그 거리를 부모님은 지게와 포대 자루를 가지고 산뽕잎을 따러 나섭니다. 밤늦게야 귀가하신 부모님은 그 지겨운 시간을 견디고 버티면서도 생계가 걸린 일이라 밤늦게까지 뽕잎을 하나하나 다 듬기에 분주합니다. 납실 이나 삿갓봉에서 채취한 능이와 싸리버섯도 살림살이에 큰 몫을 했지요.

누에는 갑각류처럼 허물을 벗는데, 허물 벗기 전에는 하루씩 잠을 잡니다. 이렇게 넉잠을 자고 나면 성충이 되지요. 이때 누에가 뽕잎을 갉아먹는 소리는 한여름 소나기 내리는 소리와도 같았습니다.

그때부터는 온 방이 누에 차지가 됩니다. 누에가 커질수록 사람이 살아가는 공간이 좁아져 나중에는 부엌 바닥에 이불을 깔고 자야 하는 사태까지 도달하게 되지요.

초여름 뽕 따러 밭에 가면 까맣게 익어가는 오디는 덤으로 주어지는 선물이었습니다. 손이며 입 주위가 까맣게 되도록 먹었던 오디는 달콤한 맛 이전에 배고픔을 달래주던 먹거리였지요.

넉잠 잔 누에는 잠박(누에 채반) 가득 뽕잎을 배불리 먹여 일주일이 지나면 노란색을 띠기 시작합니다. 이때 누에를 골라 섶에 올려놓으면 하얀 명주실을 토해내어 고치를 짓기 시작합니다.

투명한 햇살 아래 눈부시게 하얀 누에고치는 고생으로 주름진 얼굴에 환한 웃음이 되었고, 우리들의 학용품이 되었으며,

제3장_자연은 진정한 예술

학비가 되었습니다.

그 당시에는 누에나 뽕을 먹을 생각도 하지 못했는데, 요즘은 누에가루를 강장식품이라 선호하고 뽕잎도 장아찌나 쌈으로 먹기도 하니 발상과 인식의 전환이 놀랍기까지 합니다.

조선 시대에 유명한 풍수지리자가 "서울 남산의 모양이 마치 누에의 머리같이 생겼다고 하여 서울에 누에가 잘 돼야 나라가 흥하고, 서울 남산에 정기가 모여있어 백성이 배고픔을 잊고 삽니다."라고 상소를 올렸다고 합니다.

그래서 서울 蠶室(잠실), 蠶院(잠원) 지역은 옛날부터 이름 그대로 뽕나무가 많아 양잠산업의 일환으로 누에를 많이 길렀다고 하네요. 지금도 잠원동에는 기념물로 정해져서 보호받고 있는 큰 뽕나무가 남아있다고 합니다.

이 나무는 옛날, 누에가 많이 있었던 시절을 기억하고 있을 것만 같습니다.

자연은 진정한 예술

가을입니다.
온 산야에 붉게 물든 단풍이 한창입니다.

"자연은 한 번도 예술을 동경한 적이 없다."라는 말이 있습니다.

유럽 출장차 프랑스 루브르 박물관에 갔을 때 벽면에 걸려있는 것은 정물화나 인물, 또는 풍경화 그리고 종교 색채가 짙은 성화가 대부분이었습니다.
어찌 보면 자연의 풍광이나 멋진 사실들을 도화지에 그려 액자에 옮겨놓은 것에 불과한 것들이지요.

그러니 주변에 놓여있는 자연이야말로 진정한 예술입니다. 그 아름다움이 인간의 손을 빌려 캔버스에 옮겨지고 나서야 예술로 인정을 받는 것은 아이러니한 일입니다.

이른 아침 여명 속에서 어둠을 몰아내며 찬란히 솟아나는 태양이나 산야에 이슬을 머금고 아무렇게나 놓여있는 이름 모를 풀들, 계절마다 색색의 옷으로 바꿔 입는 산과 숲 어느 한순간이라도 같은 모습을 보여주지 않는 자연이야말로 가장 위대한 예술입니다.

자연은 예술을 동경한 적이 없지만, 있는 존재 그대로가 예술입니다.

나이가 들면 산 좋고 물 좋은 산골에 집을 짓고 사는 사람들이 늘어납니다. 그런 집을 지을 때 경치 좋은 방향으로 큰 창을 내는 경우가 많습니다. 소파에 앉아서 창을 바라보는 것만으로도 좋은 풍경화를 감상할 수 있기 때문이지요.

우린 인간이 어찌할 수 없는 자연의 재앙들 앞에서 초라해지는 모습을 견지하곤 하지만, 그냥 주변에 민낯으로 널려진 소박한 자연이야말로 진정 위대함입니다.

[2013년 9월
맨발 암벽등반]

황혼

일출도 장엄하지만, 일몰이 더 아름답습니다. 일출은 잠깐 동안의 이벤트에 불과하지만, 일몰은 해가 진 뒤에도 긴 여운이 남는 비교적 긴 시간의 울림이고 저물어가는 때에만이 느낄 수 있는 안타까움 속에 모든 사물이 익어 향기를 더할 수 있는 시기이기 때문입니다.

누구에게나 황혼은 다가옵니다. 황혼엔 쓸쓸함과 고독, 미련과 아쉬움이 남겠지만 잔잔한 인품으로 멋지게 삶을 마무리하는 것이 중요합니다.

권세나 부귀영화를 가까이하지 않는 사람을 청렴하다고 말하지만,
가까이하고서도 이에 물들지 않는 사람이 진정 청렴한 사람입니다.
이권에 함몰되어 남을 속이지 않는 사람을 고상하다고 말하지만,
이권을 알고서도 그에 물들지 않는 사람이야말로 더욱 고상한 사람입니다.

"행백리자 반구십"이라는 말씀이 있습니다.

行百里者 半九十

[백 리를 가고자 하는 사람은 구십 리가 반이다.]

세상엔 "시작이 반"이라 하여 시작의 어려움을 토로하지만, 정작 중요한 것은 완성도 높은 마무리입니다.

나이가 들수록 침묵하는 법을 배워야 함을 느낍니다.

조선 시대 안방준 선생님은 『구잠(口箴, 입을 경계함)』이란 글을 썼습니다.

"言而言 不言而不言

言而不言不可 不言而言亦不可"

[말을 해야 할 때는 하고 , 말하지 말아야 할 때는 하지 말아야 한다.

말을 해야 할 때에 말을 하지 않아도 안 되고

말을 해서는 안 될 때에 말을 해서도 안 된다.]

말과 실수는 비례 관계에 있습니다. 말을 많이 하면 할수록 필요 없는 말도 섞여 나오게 마련이지요. 입은 하나이고 귀가 둘이며, 입은 닫을 수 있지만 귀는 닫을 수 없도록 만들어진 이유를 깊게 생각해 보아야 합니다.

나이가 곱게 들면 은은한 백발에도 광채가 납니다. 아무리 경험보다 변화가 가치 있는 세상이라지만, 따뜻한 마음속에 들어

있는 지혜로움은 세상 어떤 것과도 바꿀 수 없는 가치임을 잊지 말아야 합니다.

지두름

저는 고향이 시골인지라 어릴 적에는 한 시간을 걸어서 초등학교에 다녔습니다. 다리가 아프다거나 멀다는 느낌은 없었는데, 배가 참 많이 고팠던 것만은 기억합니다.

등굣길, 마을 어귀에 아름드리 살구나무가 있었습니다. 엄연히 주인이 있는 살구나무여서 함부로 딸 수가 없었지요. 그나마 땅에 떨어진 살구를 주워서 반쯤 벌레 먹은 것을 떼어내고 달콤 떨떠름한 살구 맛을 한 입 맛볼 수 있다는 것은 행운이었습니다.

살구의 유혹에 못 이겨 검정고무신을 벗어 던지기도 했으며, 냇가에서 주먹만 한 돌이나 나뭇등걸을 던져 살구를 따기도 했습니다. 물론 주인이 나타나면 삽십육계 줄행랑을 치곤 했지요.

주인이 살구를 모두 털어가는 날은 내 것도 아니면서 괜스레 아깝다는 생각이 들었습니다.

어느 해인가 살구걷이가 끝나고 그 주인집을 찾았습니다. 저를 보고 반색을 하시면서 다른 아이들은 함부로 살구를 따 가는데 가만히 보니 너만 안 따간 것 같아 꼭대기 부분에 살구를 남겨 두었으니 따 가라는 것이었습니다.

물론 저도 살구 따는 악당 모임에 가담을 안 한 것은 아니었는데, 평소 고개 숙여 넙죽 인사를 열심히 한 것이 덕이 되었나 봅니다. 그 해는 살구를 먹는 기쁨보다 남에게 인정받는다는 것에 행복을 더 많이 느꼈던 것 같습니다.

이처럼 다른 사람을 위하여 일부를 남겨놓은 것을 강릉 사투리로 '지두름'이라고 합니다. 객지에 나가있는 사람을 위하여 나중에 따로 보관해 두었다가 주는 남겨진 과일이나 음식물을 의미하지요.

따라서 까치밥으로 홍시를 남겨 놓는 것처럼 집 나가있는 식구를 생각해서 사과 열매를 따로 남겨놓으면 그것이 곧 지두름이 되는 것이니, 지두름은 기다림의 다른 표현일 수 있습니다. 다만 기다림은 추상적인 개념이지만, 지두름은 구체적 행위로 이루어지는 것이 다를 뿐이지요.

풍족한 사회에서 남이 못 먹고 산다는 것을 생각하기는 쉽지 않습니다. 더군다나 아껴서 남겨두었다가 챙겨주는 것은 더더욱 쉬운 일은 아니지요. 지두름은 아련한 고향의 맛을 생각게 할 뿐 아니라 정겨운 관계의 미학에서 우러나는 사투리의 맛깔스러움을 생각게 합니다.

참 따뜻했던 인심이 그리워지는 것은 현실이 각박하기 때문은 아닐까 하는 생각이 듭니다. 내가 먼저 손을 내밀어야 하는 이유일 수 있지요.

제3장_자연은 진정한 예술

가평 칼봉산에 다녀오다

[2016년 4월 가평 칼봉산 중턱]

모처럼 회원들과 가평 칼봉산을 찾았습니다.

산 중턱에는 편백나무와 갈참나무의 우뚝 선 자태, 그리고 웰빙시대에 건강을 챙기려고 누가 그랬는지 비닐봉지에 가득한 고로쇠가 인상적이었습니다.

계절에 가속도가 붙은 느낌입니다. 봄을 맞이하는 버들가지와 새싹이 이제 얼굴을 내밀고 있군요. 꽃샘추위와는 별개로 엄동설한의 한파를 이겨내고 살려고 바둥대는 새싹을 볼 때 인간으로서 부끄럽기 짝이 없습니다.

산의 깊은 호흡

산에서만 느낄 수 있는 때 묻지 않은 태고의 순수.

계절에 따라 스스로 변화하되 사치스러운 치장이나 가식 없이
오직 있는 그대로의 모습으로 한결같이 그 자리를 지키고 있는
산의 진정성을 봅니다.

산의 품에 들면 모든 생명체를 안아 키우되 내치는 법 없는 너
른 품의 포근함이 느껴집니다.

영국의 등산가 '멀로리' 경은 이런 말을 남겼습니다.

"네 영혼이 고독하거든 산으로 가라."

삶에 지치고 힘들 땐 산에 오르는 것이 좋습니다.

산에선 산이 말하는 언어를 들어야 하지요.

이 골 저 골 쉼 없이 불어대는 바람의 말을 들어야 하고
골짜기에 돌돌 흐르는 맑은 샘의 언어를 들어야 하고
청초하게 피어있는 꽃향기의 언어에 귀 기울여야 하며
왕성하게 푸르른 풀빛 언어에 주목해야 합니다.

중은 도를 닦으러 산으로 갑니다. 인생의 심오한 철학은 산속
의 명상에서 완성되는 것이 많습니다. 인류의 위대한 유산이 산
에서 잉태한 것들이 많은 이유이지요.

산은 신이 만든 위대한 지혜의 책입니다.

산을 좋아하는 사람치고 악인이 없다는 말의 진정성을 헤아려
봅니다.

개의 말

개는 사람의 말을 알아듣는 경우가 많지만, 사람이 개의 말을
알아듣는 경우는 드뭅니다. 이는 사람이 개만도 못하기 때문이
아니라 우월적 지위를 이용하여 노력을 게을리했기 때문입니다.

가장 똑똑하기로 유명한 보더콜리 종의 경우 약 250개의 단어
를 이해한다 합니다. 그러나 대부분의 개는 200개 단어를 이해
하기 힘들다고 하지요. 하지만 개들은 눈치가 빠릅니다. 보디랭
귀지나 목소리의 뉘앙스, 분위기 등을 통해 상황을 이해하는 능
력이 뛰어나다고 하지요.

그런데 개의 말을 알아듣기 위한 장치가 나온다고 합니다. 개
에서 나오는 뇌파의 미세한 변화를 감지하여 그것을 인간의 언
어로 바꾸어 전달하는 방식인 것이지요.

우리네 인간은 개를 사랑한다고 하지만 자신의 필요에 의하여 자유를 구속하기도 하고, 배변이나 습관 때문에 필요 이상으로 억압을 강요하기도 합니다. 이제 육두문자를 개들로부터 들어야 하는 이상한 세상이 도래할는지도 모릅니다.

어쩌면 속이 훤히 보이는 까발려진 세상에 사는 것보다는 좀 갑갑하긴 해도 묻어둔 생활 앞에 겸손해지는 삶을 살아가는 것도 과히 나쁘지 않다는 생각을 합니다.

개의 언어를 이해하기 이전에 인간다움을 회복해야 합니다. 그래야 '개 같은 놈'을 면할 수 있을 것이며, 심지어 '개보다 못한 놈'이라는 소리를 듣지 않을 수 있는 것이고, 종국에는 '개 아들 놈'이라는 비참함을 면할 수 있기 때문입니다.

일본이여, 독일을 배워라

영국과 프랑스에는 있는데 독일에 없는 것이 있습니다. 세계적으로 유명한 박물관이 그것인데요. 잠시 속내를 들여다볼 필요가 있습니다.

영국과 프랑스는 식민 지배를 통하여 모아들인 약탈 문화재로 박물관을 가득 채우고 있습니다. 문화재의 원 소유국이 반환을 요청하지만, 그들은 꿈적도 하지 않습니다.

독일은 1, 2차 세계대전을 통하여 인류에게 아픔을 남김은 물론 유대인들에겐 씻을 수 없는 역사적 죄악을 저질렀습니다. 그 중심에 있었던 히틀러는 청소년기에 꿈이 화가였고, 그 꿈을 위하여 부단히 노력했지만 끝내 화가의 길을 걷지 못했습니다.

실업학교 졸업장이 없어 건축학교에 입학하지 못했던 히틀러는 그림엽서 등을 그리며 생계를 꾸렸는데, 이 당시에 아무에게도 인정을 받지 못해 매우 불우했다고 합니다.

이런 그가 2차 세계대전을 통해 수단과 방법을 가리지 않고 미술품을 약탈합니다. 그 작품이 무려 500만 점이 넘었다고 합니다. 그 어마어마한 미술품들이 어디 전시되고 있는지 궁금하지 않나요?

정말 대단한 것은 전후에 독일은 그 약탈 문화재들을 주인에게 돌려주기 시작합니다. 그 작품들을 모두 돌려주기까지는 무려 6년이란 긴 세월이 필요했지요.

절약정신이 앞서고 꼼꼼하기로 유명한 독일 사람들이 이웃과 더불어 사는 방법의 실천을 봅니다. 이름난 약탈자와 이름 없는 수호자라는 아이러니는 있지만, 이 사실을 통해 생각해야 할 것들이 있습니다.

문화재에 대해서 정당한 취득경로를 입증하지 못하면 당사국에 돌려보내는 게 국제적 경향입니다.

아직도 해외에서 방황하는 우리의 문화재들이 너무나 많습니다. 가장 가혹한 것은 바로 우리의 이웃이라고 우기는 일본이 문화재를 돌려주기는커녕 적반하장으로 우경화로 치닫고 있는 암울한 현실입니다.

마음의 근력

사람이 살아가면서 싫은 것 중 하나는 통증과 울음입니다. 그러나 통증과 울음은 인간이 생명력을 유지하는 데 없어서는 안 될 매우 중요한 요소입니다.

통증은 자신에게 내재된 유기체의 비상벨이라고 한다면 울음은 독립된 개체로 살아내기 어려운 시기에 외부의 도움을 받는 유일한 통로이기도 하지요.

만약에 통각이 없다면 몸은 질병과 상처에 대처할 수 없어 그 영속성을 담보할 수 없었을 것이고, 울음이 없다면 외부 세계의 도움이 단절된 상태에서 고립을 통해 시들어갔을지도 모를 일입니다.

통각은 외부로 드러나는 피부 조직에 집중적으로 배치되어 있는 광범위한 감각입니다. 몸의 표면에서 멀리 떨어져 있을수록 (내부로 깊이 들어갈수록) 통각의 존재는 엷어져 갑니다. 이는 직접적인 외부의 접촉에 노출되어 있지 않기 때문이지요.

간, 폐, 소장, 대장 등은 병이 생겨도 금방 아픔을 느끼지 못합니다. 통각수용기가 많지 않기 때문이지요. 이런 장기들은 병이 깊어 주변 조직이나 장기에 압박을 주거나 잡아당기는 결과가 초래되었을 때 비로소 간접적인 둔탁한 통증을 느끼게 됩니다.

이는 두뇌도 마찬가지입니다. 인간의 뼈 중에서 가장 단단한 머리뼈로 보호를 받고 있기 때문에 직접적 외부 접촉이 차단된 이유입니다.

살아가면서 외부로 느껴지는 물리적 통증은 비교적 다스리기 쉽습니다. 정작 우리를 힘들게 하는 것은 내재적 마음의 아픔이지요. 병원의 중환자실에 가면 외부의 통증을 어떻게든 이기고 삶을 유지하려고 애쓰는 사람이 있는가 하면 OECD 국가에서 가장 자살률이 높은 오명을 안고 있는 우리 사회는 건강한 몸임에도 내재적 통증을 이기지 못해 자살의 유혹을 뿌리치지 못하는 사람도 있습니다.

마음의 근력을 키워야 합니다. 그것의 시작은 솔직하게 인정하는 데부터 출발합니다. 진심을 가지고 상대방을 대하고, 다른 사람의 입장에 서 보는 것도 좋은 방법 중 하나입니다.
때론 번잡함을 벗어던지고 명상을 해야 할 큰 이유이지요.

시간 도둑

도둑이란 말 속에는 긍정보단 부정의 이미지가 실려있습니다. 하지만 좋은 의미의 도둑도 없지는 않아서 야구에선 다음 베이스를 훔치는 것에 열광하기도 하고, 마음을 훔쳐간 사람 때문에 가슴 아파하기도 합니다.
컴퓨터 분야에서 시간 도둑은 범죄에 해당합니다. 유료 사이트의 경우 남의 아이디를 훔쳐 써서 그 시간만큼의 비용을 전가하는 행위를 의미하기 때문입니다.

하지만 시간 도둑은 내 주변에 항상 존재하고 있다는 것을 깨달아야 합니다. 우유부단함과 다음으로 미루는 습관, 쓸데

없이 들락거리는 웹서핑, 할 일 없이 보는 텔레비전, 눈알이 빨 갛도록 즐기는 컴퓨터 게임…. 이런 것들은 가장 대표적인 시간 도둑입니다.

도둑이라 함은 남과의 관계성 속에서 어떤 물질이나 자금을 매개로 진행되는 것이지만, 시간 도둑은 어쩌면 자신의 내부에 서 특별한 물질의 이동 없이 진행되는 특징이 있습니다.

모임 약속 시간에 늦게 도착하는 것은 남의 시간을 도둑질하는 것이고, 학창시절 수업시간에 늦게 들어가는 것도 'Time Thief'에 해당합니다.

내게 주어진 시간은 무한정하여 무절제하게 펑펑 쓰다가 남겨 두고 가는 것이 아니고, 마치 한정된 모래시계와 같아서 모래가 다 떨어지고 나면 내 삶의 페이지도 덮어야 하는 것입니다. 그것 이 인생이지요.

강물이 내가 정지해 있다고 해서 멈추지 않듯이 세월도 내가 게으름을 피운다고 해서 같이 게을러지는 것은 아닙니다. 한 번 가면 되돌릴 수 없는 것을 불가역성(不可逆性)이라 합니다. 그러기 때문에 세월은 가장 소중하게 다뤄야 할 보물과도 같은 것이지요.

시간은 도둑맞을 수는 있지만 저축할 수는 없습니다.
사랑하는 데 쏟는 시간
지혜를 넓히고 경륜을 쌓은 데 쏟는 시간

외로운 이를 돌아볼 수 있는 시간….

의미 있는 시간 소비법을 개발할 필요가 있습니다.

[2015년 5월 천태산 오르기 전]

오래전 영동 천태산에 1,000년 넘은 어마어마한 은행나무를 보았습니다. 그 나무는 하루아침에 만들어진 것이 아니라 참으로 오랜 세월 동안 성장을 이루어 큰 그늘을 만들고, 그늘 속에 많은 것들을 품어냅니다.

그들의 시간은 정지된 듯 보이지만, 날마다 꾸준히 끊임없이 성장한 결과라 볼 수 있습니다.

오기서(五技鼠)

중국 고사에 '오기서(五技鼠)'라는 쥐가 나옵니다. 다섯 가지 재주에 능한 쥐라는 뜻이지요. 즉 날고, 기고, 뛰고, 숨고, 달아나는 재주를 가졌음을 의미합니다.

그 쥐는 나무에 기어오르기는 다람쥐보다 뛰어났고
땅굴 파기는 두더지보다 잘 팠으며
하늘을 나는 것은 박쥐보다 나았고
달리기는 토끼보다 빨랐습니다.
그 쥐는 짐승들 사이에서 늘 부러움의 대상이었고
많은 짐승이 그를 우상처럼 섬기며 따랐습니다.

그날도 여느 때처럼 많은 짐승이 모여 그의 신기에 가까운 재주를 보고 있는데 갑자기 먹이를 찾던 독수리가 화살처럼 나타났습니다. 다른 짐승들은 저마다 가진 재능을 발휘해 눈

깜짝할 사이에 숨었지만, 오기서는 여러 가지 재주 중에서 어느 것을 사용해야 할지 잠시 머뭇거리는 사이에 독수리에게 잡혀 먹히고 말았습니다.

"자신을 높이는 자는 낮아지고 낮추는 이는 높아질 것이다."
이 말은 가장 오랜 세월 베스트셀러를 유지하고 있는 성경에 나온 말입니다.

세상을 살다 보면 자신을 높이길 희망하고
알량한 재주를 드러내길 좋아하며
갖고 있는 재물을 자랑하기를 좋아합니다.
그 모두는 사람들이 더 많이 갖기를 원하는 것들이지요.

가을엔 곡식이 익습니다. 가시를 많이 가지고 있어 범접하기 어려운 밤송이도 세월 속에서 농익을 때 스스로 아람 벌어 밤을 내보냅니다. 비단 밤뿐만 아니라 모든 곡식이 이러한 절차를 밟고 있지요. 이는 작위적이지 않은 자연스러움 속에서 일어나는 일련의 사건입니다.
문제는 자기 스스로 높이려고 애쓰는 처절함에 있습니다.
태권도 초단이 주먹 쓰기를 좋아하고
가진 것이 없는 사람이 재물을 자랑하길 좋아하고
재주가 없을수록 조그만 것이라도 드러내길 좋아하는 것이 사람입니다.

능력이 없어서 낮은 위치에 있는 사람이야 어쩔 수 없다고 치더라도 큰 능력을 갖고 있으면서 겸손하게 자신을 낮추는 사람이야말로 이 시대의 진정한 성자가 아닐까 하는 생각을 했습니다.

산이 좋은 이유 중 가장 큰 장점은 산행을 하면서 자신만의 시간을 가질 수 있고, 또한 그 시간 속에서 자신을 성찰할 수 있다는 것입니다.

산은 높이 올라갈수록 산을 품고 가야 합니다. 내려다보면 아찔한 순간도 많지요. 인생도 높이 올라갈수록 힘듭니다. 그래서 지위가 높아질수록 자기 처신을 올바르게 해야 하지 않을까요?

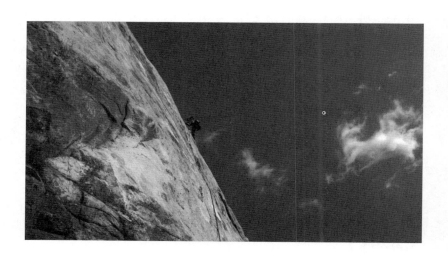

※주의사항※

암벽등반은 평지에서 걷는 것이 아니라 수직에 가까운 바위사면에서 기어올라 가는 것입니다. 암벽등반은 육체적인 힘이 절대적으로 필요하지만, 또한 정신적(심리적)인 안정도 필요합니다.

암벽을 오를 때는 자신감을 가지고 침착하고도 신중하게 올라야 합니다.

높은 수직암벽에서 고도감을 극복하지 못하고 자신감을 잃어버리고 허둥댄다면 오르기는커녕 언제 추락할지 모르는 일이지요.

그러므로 암벽등반을 잘하기 위해서는 먼저 육체적인 힘을 기르고 등반기술을 잘 연마해야 하고, 그러기 위해서는 사전 전문가의 체계적인 교육이 필요합니다.

"인생은 자전거를 타는 것과 같다.
균형을 잡으려면 움직여야 한다."
알베르트 아인슈타인의 말씀입니다.

[2014년 10월 북한산 숨은 벽 암벽 릿지]

유연한 마음

할머니를 한자로 쓰면 姑(고)입니다. 이 '姑' 자는 시어머니를 뜻하기도 합니다. 그래서 시어머니와 며느리 사이를 고부(姑婦)라고 표현하지요.

이 한자를 뜯어보면 '女' 자와 '古' 자로 나뉩니다. 여자가 오래되었다는 의미이지요. 그러니 할머니나 시어머니가 될 수밖에요.

나이에 따른 큰 잔치가 있습니다. 첫돌과 환갑이 그것이지요. 첫 생일은 영아 사망률이 높았을 무렵 이제 제대로 된 인간으로 성장할 가능성이 크다는 것을 축하하기 위함이고, 환갑은 평균 수명이 낮을 때이니 오래 삶의 축원이라고 봄이 옳습니다.

우리는 할머니를 할망구라고 부를 때가 있습니다. 할머니를 조롱하거나 장난스럽게 이르는 말이지만, 이 말에는 특별한 의미가 들어있습니다.

여자 나이 80~89세 사이를 할망구라고 부르는 것이 옳습니다. '망구(望九)'란 90을 바라본다는 의미를 가진 말이니까요.
할머니만을 지칭하고, 할아버지가 없는 이유는 옛날에도 남자보다 여자의 평균수명이 높았기 때문이 아닐까 합니다.
그런가 하면 과부와 미망인이라는 표현이 있지요. 모두 시집가서 혼자된 솔로를 의미하는 용어인데, 얼핏 들으면 미망인이 상당히 아름답게 들립니다.
그 미망인을 한자로 쓰면 '未亡人'이 됩니다. 글자 그대로 풀이하면 "아직 죽지 못한 사람"이 되지요. 즉 남편이 죽었을 때 따라 죽었어야 하는데 그러지 못했다는 조선 시대 가부장적인 냄새가 풀풀한 단어입니다.

여성이 장수하다 보니 나이 들어 솔로로 남아있는 할머니가 많습니다. 여성이 장수하는 이유는 뇌의 구조 때문이라고 합니다. 여성은 남성보다 좌·우뇌의 연결이 활발하여 창의적 두뇌와 장수까지 이어지는 경우가 많습니다.

또한, 여성은 감성이 발달하여 스트레스 해소가 빠른 특징이 있습니다. 울고 싶을 때 울고, 말로 스트레스를 해소하는 등 대처 능력이 훨씬 우월하다는 것이지요.

오래 사는 것이 큰 복인지는 알 수 없겠으나 위의 사실들은 오래 살고자 하면 스트레스를 줄이는 유연한 마음을 가지라는 웅변의 외침은 아닐는지요?

백사는 허물을 벗어도 백사입니다

사람의 성품은 크게 천성과 인성으로 나뉩니다. 천성은 하늘이 부여한 성품으로 살아가면서 바뀌지 않는 것이며, 인성은 살아가면서 갈고 닦아 품격을 완성시켜 갈 수 있는 것입니다. 그래서 인성교육이라는 말은 있지만, 천성교육이라는 말은 없습니다.

천성으로 사는 사람은 직관이 빠르고, 솔직합니다. 왜냐하면, 본연의 성질로 살아가는 것이니까요. 본성을 깨닫고 이에 충실한 삶을 사는 것이 행복에 좀 더 가까울 수 있습니다. 그리하여 내가 존재하는 것이 가장 소중하며, 본성을 자각하고 늘 즐겁게 자유롭게 사는 것이 지혜로운 삶이지요.

자기 마음을 속여서는 안 됩니다. 우린 살아가면서 체면이나 권위 혹은 입장이나 관계 때문에 자신을 속이며 마음에도 없는 말을 늘어놓을 때가 많습니다.

마음에 없는 말을 하는 것보다는 침묵을 지키는 것이 더 낫습니다. 눈치가 있는 사람이라면 진심과 가식을 쉽게 구분할 수 있으며, 마음에 없는 말은 호감보다는 불신을 가져올 가능성이 더 크니까요.

『장자』에 나오는 이야기 한 편입니다.

제사를 관장하는 관리가 예복을 차려입고 돼지우리로 가서 말했습니다.

"너는 어째서 죽음을 싫어하느냐? 내가 석 달 동안 몸을 깨끗이 하고, 열흘간 재계하고 사흘 동안 금기를 지켜 흰 띠풀을 깔고 요리한 다음 너의 어깨와 엉덩이 고기를 장식된 제기 위에 모셔놓으려 한다. 그러면 너도 좋지 않겠느냐?"

돼지가 말했습니다.

"나는 겨나 지게미를 먹으면서 살더라도 돼지우리 속에 그냥 있는 것이 좋다."

죽어 인간의 제사상에 올라가는 것보다는 돼지우리 속이라도 살아서 현재의 삶을 지속하는 것이 본성에 기초한 삶으로 옳은 것입니다.

잠시 시간을 내어서 자연을 봅니다. 나무와 눈, 그리고 새와 바람…. 자연의 모든 것이 얼마나 평화롭게 일을 하는지 눈여겨볼 필요가 있습니다. 평화는 자연의 본성입니다.

따라서 본성을 따라 사는 삶이 가장 편안한 삶입니다. 백사는 허물을 벗어도 백사입니다. 갑자기 부자가 되고 권력을 잡고 성형으로 예뻐진다고 하더라도 그 사람 자체가 변한 것은 아니니까요.

우리들의 짧은 인생에…

멋지게 살다간 인생이란 무엇인지 서산 너머로 기우는 태양에게 물었습니다.

세상을 다 가지는 것이 무엇인지 붉은 눈물을 쏟아내는 노을에게 물었습니다.

옛적 돌아가신 울 엄니 하신 말씀이 "거지가 동냥을 얻어온 찬 밥덩어리를 어린 자식들에게 먹일 때 그치의 세계는 가장 평화로운 순간"이라는 이야기를 들려주시곤 하셨는데, 사리사욕은 아니더라도 좀 더 편안한 환경을 누리고, 좀 더 맛나고 기름진 음식을 마주하며 인생의 참맛이 이런 것이라고 느끼는 부질없는 생각들이 우리가 존재하는 가치인 것인지 때론 답답함에 나를 돌아봅니다.

마음 하나 잃어 예리한 바늘 끝에서 찾는 행복과 마음 하나 비워 공허 속에서 채움을 느끼는 또 다른 삶의 의미를 언제쯤이면 깨달을 수 있을는지. 커다란 구도의 길은 아닐지라도 속내 풀어놓을 벗님들과 술 한잔 기울이며 삶과 인생을 이야기하고 싶을 때면 노을 지는 강가에서 흐르는 바람을 바라봅니다.

하지만 매일매일 만나는 석양의 그림자를 보면서도 언젠가는

제3장_자연은 진정한 예술

다가올 인생의 황혼길에 무엇을 남겨두고 갈 것인지를 깨닫지 못하는 어리석음을 오늘도 반복하고 있는 일상들 속에 무념무상의 '道'를 깨우친 양 거들먹거림으로 긴 하루를 보냅니다.

우리들의 짧은 인생 무엇을 해야 할까요?

생각과 행동

사람이 살면서 생각과 행동은 누구나 할 수 있습니다.

"생행습결(生行習結)"이란 말씀이 있는데, 원래 존재했던 사자성어가 아니고 후대 사람들이 어거지로 만든 듯한 느낌이 강한 글이지요.

이 뜻은 "생각이 바뀌면 행동이 바뀌고, 습관이 바뀌고, 그것이 좋은 결과를 얻을 수 있다."라는 뜻입니다.

여기서 생각을 생(生)으로 표현한 것은 견강부회한 느낌이 듭니다.

어떤 스승이 제자들 3명을 데리고 삼악산으로 갔습니다. 제자에게 세 그루의 나무를 보여주며 뽑으라고 말했습니다. 심은 지 얼마 안 된 나무는 쉽게 뽑을 수 있었습니다. 1년 된 나무는 힘들여 겨우겨우 뽑을 수 있었습니다. 하지만 심은 지 오래된 나무는 아무리 애써도 뽑을 수가 없었습니다.

습관이라는 것도 이와 같습니다. 선이든, 악이든 습관을 들이고 오래되면 그만큼 뽑기 어려운 법이지요. 습관이라는 것이 얼마나 무서운 것인지를 알려주는 이야깁니다.

습관이란 세월의 축적 속에서 일어나는 현상입니다. 일 년간 책을 안 읽었다고 당장 무식해지는 것도 아니고, 일 년간 책을 열심히 읽었다고 갑자기 유식해지는 것은 아닙니다.

살아가면서 약속 어기기를 밥 먹듯이 하고,
늘 거만하게 사람들을 대하고,
남의 신체적 약점을 헐뜯고,
잘난 체하며 사람들을 무시하고,
자기 계발을 위해 노력하지 않으며,
남에게 베푸는 삶을 살지 않으면
단기적으로 별문제가 되지 않지만, 그것이 축적되면 구제할 방법이 없습니다.

좋은 말을 골라 쓰는 습관
남을 칭찬하되 진심으로 하는 습관
항상 겸손하되 실력을 기르는 습관
작은 것이라도 욕심부리기보다 함께 나눌 수 있는 습관
항상 웃으며 남을 대할 수 있는 습관
이런 것들이 삶을 행복하게 하고 인생을 풍부하게 합니다.

처음엔 내가 습관을 만들지만, 나중엔 습관이 나를 만듭니다.

꽃처럼 예쁘기를…
꽃처럼 향기롭기를…
꽃처럼 사랑받기를…
딸에게−

가을 하늘

중학교 다닐 때, 소들을 산속에 풀어놓고 풀을 뜯기던 시절.
너럭바위에 누워 넋을 잃고 천천히 움직이는 구름을 보노라면
마치 내 몸이 둥둥 뜨는 듯한 느낌이었습니다.

평소에 하늘을 잘 보지 않던 사람도 가을엔 하늘을 바라보
게 됩니다. 시리도록 맑고 파란 하늘에 솜사탕 같은 뭉게구름이
뭉실뭉실 떠가고, 여름내 널찍하고 꽉 찬 플라타너스 잎사귀에
어느덧 한둘씩 구멍이 생기고, 바람이라도 불어오면 그 사이로
조각난 파란 하늘이 햇살과 함께 왔다 갔다 합니다. 양팔을 벌
려 가을 하늘을 한껏 껴안아 보세요.

참 좋은 계절이지요. 더위에 정신이 없었던 여름에 비하면 차
분한 가을은 지나간 많은 것을 추억하게 만듭니다. 지금 잊고 있
었던 사람들을 떠올려 살아있음의 행복을 전해보세요. 나 혼자
가 아님이 얼마나 큰 위안과 힘이 되는지.

어릴 적에 감자와 애호박 그리고 풋고추를 송송 썰어 넣고 된
장찌개 보글보글 끓여 드문드문 쌀 톨이 섞인 보리밥을 썩썩 비
벼 먹으면 꿀맛이었을 때가 있었습니다.
허기를 채우기 위해 괭이만 있으면 산에 올라가 도라지, 더덕, 칡

뿌리, 잔대 등 먹을 것이 지천이었습니다. 지금은 몸에 좋은 자연 산이라지만 그 당시는 배를 채우기 위한 수단이었던 것 같습니다.

배는 항상 고팠고, 이밥에 쇠고깃국 한번 배부르게 먹는 것이 큰 소원이었지요.

어릴 적 못 먹고, 못 입고 자란 때문인지 지금도 살찌는 것과는 인연이 없는 거 같습니다.

그땐 TV도 없었고 모기향도 없어 군데군데 꿰맨 모기장 속이 답답하여 문지방을 베개 삼아 밤하늘에 새벽이 와있곤 했었습니다.

지금은 물자가 너무 흔하고 너무 많아서 고민인 세상이 되어 쉽게 버리고 쉽게 잊는 그런 이상한 세상이 되었습니다. 일회용품이 넘쳐나고, 그에 따라 사람들 사이의 만남도 일회성이 되어가는 세상. 그래서 삶의 고통 속에서 잉태한 깊음이 그리운 세월입니다.

산에 들던 날

조석으로 한기가 스미는 것을 보면 자연의 이치와 세월의 흐름이라는 것이 참으로 오묘하다는 생각을 합니다.

엊그제 가평에 있는 운악산을 다녀왔습니다. 높고 푸른 가을 하늘이란 것이 무색할 정도로 가을 내내 햇살 보기가 힘들었었는데, 투명한 햇빛을 등지고 시작한 가을 산행.

풀섶에 피어있는 야생초를 만나는 정겨움이 있고, 일상을 털고 자연의 품에 안기는 즐거움이 있어 하루 종일 행복한 시간을 보냈습니다.

산 정상 부근에선 성급한 단풍이 고운 자태를 뽐내고, 골짜기 건너 계곡엔 여름을 인내한 열매들이 탐스럽게 익어갑니다. 시각의 기쁨과 미각의 향연과 풍요의 축제가 있는 가을은 있는 그대로 멋스러움입니다.

산은 정복의 대상이 아닙니다. 우리 조상들은 "산에 오른다"는 표현마저도 아껴 "산에 든다."라는 표현을 즐겨 했습니다. 내가 다가가 산에 안기는 것이지요.

비록 다가가 안기는 것은 산뿐이 아니라 우리들 삶의 모습 속에서도, 경쟁논리 속에서 남들 위에 서야 만족하는 정복자의 위치가 아니라 늘 더불어 살고 느낌으로 동심이 되고, 행복이 되는, 다가가 안기는 모습이 되어야 한다고 생각합니다.

관을 만들어 파는 사람과 장의사들은 사람이 많이 죽기를 바랍니다. 하지만 의사들은 한 사람이라도 더 살리려고 애를 쓰지요.

이는 장의사는 나쁘고 의사는 좋다는 식의 이분법적으로 설명될 수는 없습니다. 본인의 생업에 충실한 삶을 살아가는 것 그것이 가장 소중한 것이 아닐까 합니다.

진정성으로 삶을 살아내고 주말에 시간을 내서 산을 찾아보세요. 세상과 나를 잊고 그냥 산이 들려주는 고즈넉한 소리와 산이 보여주는 겸손함에 포근히 안겨보세요. 자연이 주는 큰 깨달음이 영혼의 울림으로 다가올 수 있지 않을까요?

인간의 욕망

"평화롭던 시절
그들이 나타나 우리들의 평화는 산산이 깨어져
어금니는 그들의 건반, 도장, 담뱃대가 되고,
귀는 그들의 식탁 마감재가 되고,
다리는 그들의 한 끼 별미가 되었다.

사라져 가는 대신

가격을 갖게 된 생명들.
더 빨리 사라질수록
더 높은 가격을 갖게 되는 생명들."

요즘 읽고 있는 책의 한 구절입니다. 지구상에 환경과 공존하면서 자연과 동화되어 살아가는데 가장 최적인 인간 개체는 약 3억 마리라는 설이 있습니다.

그 인간 개체가 70억이 넘어서 발길 닿는 곳마다 산을 깎고, 강을 막고 바다를 메워 도시를 만듭니다.

배고프지 않아도 고기를 잡고 사냥을 하며, 넉넉한 재산이 있는데도 창고를 짓고 재물을 쌓아두며, 심한 개체는 동족을 해치면서까지 자신의 욕망을 채웁니다. 그들은 간교하게 남을 속이길 잘하고, 욕망이라는 전차에 탑승하여 끝을 모르고 달려갑니다.

개발과 보존논리는 공존할 수 없습니다. 편리성을 앞세운 개발논리가 보존논리보다 가치 있게 여겨 온 것이 사실입니다.

새들이 떠난 자리는 적막합니다. 동물이 자취를 감춘 자리는 삭막하기 그지없습니다. 자연에서 사라진 동물을 우리에 가둬놓고 불행한 삶을 살고 있는 그들은 동물원에서 구경해야 하는 현실이 왠지 모르게 서글퍼집니다.

어릴 적 산간계곡에 흐르는 시원한 물속에 돌만 들추면 싱싱한 가재가 잡혀 올라왔던, 그 시절이 무척 그립습니다.

물은 흘러가도 물소리는 남아 있습니다.

멧돼지와 고라니

약초산행을 하면서 우연히 고라니를 본적이 많습니다.

고라니는 사람만 보면 도망가는 습성이 있지요.

야생 고라니를 보면서

'우리나라도 더불어 사는 문화가 많이 발달했구나.' 하는 생각에

흐뭇함이 있습니다.

일전에 어느 라디오 방송이 생각납니다.

호젓한 산길을 차를 몰고 가다가

눈앞에 갑자기 나타난 동물을 보고

소스라쳐 급정거를 하고 보니

송아지만 한 멧돼지가

헤드라이트에 눈이 부셔 도망가지도 못하고 서 있더랍니다.

순간 보호해야 할까? 아님 차로 치어 죽여야 할까 고민하다가

급출발하여 멧돼지를 들이받았답니다.

큰 충격이 있고 나서

누워있는 멧돼지를 실으려고 밖으로 나오니

멧돼지는 비실비실 일어나 도망가버리고

차량 견적만 200만 원이 나왔다는 이야기….

남의 이야기니 재미있지요?

참고로 '멧-'이란 말 속에는 '산' 또는 '야생'이란 의미가 있어요.

멧돼지, 멧새, 멧미나리, 멧비둘기, 멧누에고치, 멧닭… 이렇게 쓰지요.

흔히 사람들은 동물을 대할 때

선입관을 가질 때가 많습니다.

어찌 보면 어릴 때부터 읽어왔던 동화나 우화가

그 동물이 갖고 있는 습성이 인간에게 도움이 되었는가 하는

이로움의 잣대로 해석되어진

그릇된 관념들로 인해

성장해서도 인식의 틀에서 벗어나지 못하는 경우를 많이

봅니다.

불이 뜨거운지 모르고
그 아름다움에 만지려고 하는 어린아이의 관념 속에는
인식의 대상에 대한 선입관이 없습니다.
부딪쳐보고 느낌을 가짐에 충실할 뿐이지요.

우리는 살아가면서 남에 관한 이야기를 많이 듣습니다.
어떨 때는 많이 하기도 하지요.
그것이 얼마나 많은 사람의 가슴에 선입관이라는 상처를 남기
는지….
깊은 생각을 해 보는 오밤중입니다.

문

한자로 '戶(호)'를 '지게 호'라고 읽습니다.
이 지게는 사람이 등으로 짐을 운반하는 도구인 지게가 아닙
니다.
문이 한쪽으로 열리는 지게문을 의미하지요.

그 문이 양쪽으로 열리게 되어 있다면 門이 됩니다.

저는 아파트에 살다 보니 현관문이 철문입니다.

여닫을 때 어쩌다 기대면 쇠의 차가운 느낌에 섬뜩할 때가 있습니다.

나무로 만든 문의 따뜻함이 그리운 이유이지요.

어릴 적 춘천 시골집, 나무로 창살을 댄 문에

새로 창호지를 바를 때는

코스모스를 책갈피에 잘 말려 창문과 함께 바르곤 했습니다.

1년 내내 자리를 지키는 코스모스는 마치 한 폭의 정물화 같아서

향기로운 운치를 제공해주기도 했지요.

세계적으로 가장 돈을 많이 번 것도 문입니다.

우리말로 하자면 창문이고요.

굳이 원어를 빌리자면 컴퓨터의 Windows이지요.

지금도 그 철옹성이 무너지지 않는 것을 보면

독점적 지위라는 것의 무서움이 느껴집니다.

문은 공간입니다.

그 공간은 드나들 때 의미가 있는 것입니다.

굳게 닫혀 사람의 드나듦이 없다면

형태적으론 문이지만
기능적으로는 문이라고 부르기 어려운 것이지요.
닫힌 문은 단절을 의미하고 소외를 의미하며
편벽으로 흐르는 불행을 의미합니다.

어찌 보면 열린 문은 관계의 이어줌을 의미하고
공간의 연결을 의미하며, 소통의 원활을 의미합니다.
따라서 우리는 마음의 문이나 호기심의 문을
열어놓아야만 합니다.

"笑門萬福來(소문만복래)"는 웃으면 복이
저절로 들어온다는 뜻이고,
"開門萬福來(개문만복래)"는 문을 열어두면
만복이 들어온다는 의미이지만
그 문은 현상으로서의 문뿐만 아니라
더불어 함께하는 열린 마음의 문을 의미한다는 것도
한 번쯤 짚어볼 필요가 있습니다.

제**4**장

상대방의 존중

세포의 죽음

화(火)가 가득한 마음을 가지면 우리 삶에 화(禍)를 스스로 불러온다고 합니다. 가족 간에, 또 세상 돌아가는 것이 내 마음에 들지 않아 늘 불만을 가지면 스스로 화를 생산해 나간다고 그럽니다. 세상이 내 마음 같지 않으면 마음을 비우고 세상을 따라가는 것이 현명할 처사일 겁니다.

화, 짜증, 스트레스의 마음은 본래 인간의 속마음이라는 말이 있습니다. 살아가면서 내 관념, 내 감정대로 쌓아온 마음의 사진들을 어떻게 하면 무리 없이 해소할 수 있을까 늘 생각하고 연구 실천하여야 할 것 같습니다. 내가 어떻게 처신하고 실행하느냐에 따라 모든 게 달라지니까요.

사회적으로 화낼 일이 점차 많아지고 있는 요즘, 무언가 마음대로 되지 않는 것이 너무 많아 꾹꾹 눌러 참으려다가 스스로 화병을 생산하고 신경성 병을 얻게 되는 사람들이 늘어나고 있는 것 같아 한없이 안타까울 지경입니다. 참는 것도 때론 병이 될 수도 있다고 하니 한편 허무해집니다.

화는 스스로 만들어 내는 것은 별로 없다고 합니다. 내가 아닌 다른 사람들의 행동 언어로부터 얻어지는 화, 고통과 아픔은 당해보지 않고는 모른다고 했습니다. 속이 상하면 마음이 아프고 그럴 때면 생에 대한 결단을 내고 싶어지는 마음도 생긴다고 하니 슬기롭게 처신해야 합니다.

화낼 때마다 8만4천 개의 세포가 죽는다는 월간 암 전문지의 발표도 있더군요. 그에 따르면 죽는 세포의 빈 공간에 콜라겐이라는 물질이 들어가고, 그 물질이 지나치게 들어가게 되면 간이나 심장, 머리의 세포가 점차 굳어진다고 하니 항상 유의하여야 할 것 같습니다.

또 세포와 세포 사이에 정보 교류방해로 인하여 기억력 감퇴가 생기고 노화현상이 점차 촉진된다고 하니 깊이 생각해 봐야 할 것 같습니다. 우리는 살아가면서 그 누군가로부터 부질없는 언어로 얻는 화를 주체할 수가 없어 쓰라리고 큰 아픔을 겪으며 살아가기도 합니다.

상대방을 아프게 하면 자기도 언젠가 그 아픔과 같은 아픔을 겪게 된다는 것을 유념해야 할 것입니다. 아니면 말고 하는 식으로 상대방을 욕보이거나 상대방을 이용하여 얻어내려는 모든 것은 절대로 오래가지 못할 것이며, 진정한 행복을 이룰 수가 없을 것이니 고운 마음으로 살아가야 하겠습니다.

마부작침

가을엔 땅 위의 식물을 거두는 것도 중요하지만, 땅 아래의 식물을 거두는 것도 중요합니다.

백수오, 송근봉, 장생도라지를 캐본 적이 있는지요? 땅 아래로 1m 정도를 파야 하기 때문에 장비의 힘을 빌리지 않고는 좀처럼 캐기 힘든 작물입니다. 한 뿌리를 캐는 데 작업시간은 짧게는 1시간부터 길게는 6시간까지 걸립니다. 미를 살리기 위함이지요.

뿌리 식물을 캐면서 이렇게 단단한 땅과 바위에 여리디 연한 뿌리가 뚫고 들어가 생존을 위해 밀어내면서 성장하는 것을 보면 불가사의한 힘이 느껴지고, 경외심마저 듭니다.
생명의 힘은 실로 대단한 것입니다. 끊임없이 자라는 나무뿌리가 바위를 깨뜨리니 말입니다.

당나라 때 시선(詩仙)으로 불린 이백은 서역의 무역상이었던 아버지를 따라 어린 시절을 촉(蜀)에서 보냈습니다.
이때 학문을 위해 상의산(象宜山)에 들어갔었는데, 공부에 싫증이 나 산에서 내려와 돌아오는 길에 한 노파가 냇가에서 바위에 도끼를 갈고 있는 모습을 보게 되었습니다.

이상하게 생각한 이백이 물었습니다.

"지금 무엇하고 계시나요?"

"바늘을 만들려고 한단다."

"도끼로 바늘을 만든단 말씀입니까?"

노파는 가만히 이백을 쳐다보며 꾸짖듯 말하였습니다.

"애야, 비웃을 일이 아니다. 중도에 그만두지만 않는다면 언젠가는 이 도끼로 바늘을 만들 수가 있단다."

이 말을 들은 이백은 크게 깨달은 바가 있어 그 후로는 한눈팔지 않고 글공부를 열심히 하였다고 합니다. 그 노력이 결국 詩仙으로 추앙받는 결과를 낳지요.

이 이야기는 "마부작침(摩斧作針)"이라는 성어가 만들어진 배경입니다. "우공이산(愚公移山)"이나 "수적석천(水滴石穿)"도 같은 의미이지요.

어려운 일이라도 끈기를 가지고 계속 노력하면 못 이룰 것이 없습니다. 다만 중도에서 그만두지만 않으면 말입니다.

*우공이산(愚公移山): 어리석은 사람이 산을 옮긴다.

*수적석천(水滴石穿): 점점이 떨어지는 물이 돌을 뚫는다.

제4장_상대방의 존중

[암벽에서 채취한 70년 된 소장용 장생도라지]

신량등화

오늘이 처서입니다.

'처서(處暑)'는 이십사절기의 하나로서 입추와 백로 사이에 들며, 태양이 황경 150도에 달한 시각으로 양력 8월 23일경입니다. 어원은 '處'가 '곳'이라는 뜻 외에 '멈추다'라는 뜻이 있고, '暑'가 '더위'라는 뜻이어서 "더위를 멈춘다"는 뜻입니다.

그토록 기세등등했던 여름 더위가 한풀 꺾인 모양입니다.
새벽녘 열어놓은 창문으로 들어오는 한기가
짧아져만 가는 해가
어느새 집안 귀퉁이에서 울어대는 귀뚜라미가
길가에 피어난 하늘하늘한 노란 마타리 꽃이
진한 가을 냄새를 풍깁니다.

들녘엔 연보랏빛 쑥부쟁이가 무리 지어 피어날 준비를 하고, 하늘 높이 잠자리 떼의 군무 속에 풍성함을 예약한 가을 과일들이 속살을 찌우고 있습니다.

옥수수는 마른 지 이미 오래되었고
고추는 벌써 빨갛게 익어가고 있고
여름을 인내한 오이도 노각이 되어 가을을 맞았습니다.
세월의 흐름은 이렇듯 침묵 속에서 느낌으로 다가왔습니다.

옛사람들은 가을을 "신량등화(新凉燈火)"라고 표현했습니다. 가을엔 새로이 서늘한 기운이 생기고, 길어진 밤에 등불을 켜 든다는 의미가 있지요.
올가을엔 가을맞이로 책을 구입해 볼 만합니다. 스마트하고 디

제4장_상대방의 존중

지털화된 세상 속에서 책 타령을 하는 것은 이미 구세대의 넋두리처럼 들릴지 모르겠으나 마음의 상처를 어루만지고 영혼을 살찌우는 데에는 독서만 한 것이 없습니다.

세계 일류 부자인 빌게이츠가
"하버드 졸업장보다 더 소중한 것은 독서하는 습관이다."라는
말씀을 남겼으니 말입니다.

본성대로 사십시오

하루 중에 수은주가 0도 이하로 내려가 있는 시간이 늘어갑니다. 그럼에도 불구하고 덤불 아래에서는 잡초가 끈질긴 생명력으로 삶을 유지하고 있습니다. 또한, 아랫 지방에서는 백하수오, 지치, 더덕, 도라지를 채취하는 분도 많습니다.

시련의 계절이고 고통을 동반한 세월이지만, 찬란한 봄을 고대하며 존재의 꿈을 키우는 식물들은 조금만 관심을 기울이면 쉽게 볼 수 있는 풍경입니다.
나무 심는 꼽추 이야기가 있습니다.

그가 심은 나무는 잘 자라고 무성해서 앞을 다투어 그를 데려다가 나무를 심지요. 다른 사람은 아무리 모방하려 해도 잘 되지 않았습니다.

한 사람이 그 비결을 묻지요. 그때 곱사등이가 한 말입니다.

"내가 재주가 뛰어나 나무를 잘 기르는 것이 아니오.
다만 나무의 본성을 그르치지 않았을 뿐이오.
나무의 뿌리는 널리 뻗어 나가기를 좋아하며,
흙은 원래 심어져 있던 제 흙을 좋아한다오.
심을 때 꼭꼭 다져주는 것을 좋아하는 것이 나무의 본성이오.

그 후엔 돌볼 필요도 없고
염려되어 다시 돌아와 살필 것도 없소이다.
처음 심을 때는 자식을 기르듯 정성을 다하고,
나중엔 그냥 놔두길 마치 내버린 듯이 해야 하오.

그러면 나무의 본성이 온전하여져,
그 본성대로 최상의 상태를 얻게 되지요.
그런데 사람들은 나무를 지나치게 사랑한 나머지
심은 후에 뿌리가 잘 내렸나 흔들어보고
말라 죽었는가 껍질을 벗기며, 심지어는 가지를 꺾어보는 이도 있소.

이는 나무를 사랑한다고 하지만 실제로는 해치는 것이고

나무의 본성에서 날로 멀어져가는 것이라오.

그러니 나는 나무가 본성에 맞게 자라도록 해주었을 뿐이지
내가 어찌 나무를 무성하게 하고 크게 할 수가 있겠소."

자신이 존재한다는 바로 그 사실에 한 번도 놀라보지 않은 사
람은 가장 위대한 사실을 놓치고 있는 것입니다.
꾸미거나 덜어내지 말고 본성을 지켜 살아가는 것.
우리들의 가장 아름다운 모습일 수 있습니다.

[용이 승천하는
소장용 장생도라지]

천원지방

제가 살아오면서 가장 뜻깊게 올랐던 산은?

강원도와 경상북도의 경계를 이루는 태백산과 함백산입니다. 그리고 태백산은 2001년 2월 28일, 함백산은 2002년 2월 20일 처음으로 올랐던 산이지요. 태백(太白)과 함백(咸白)은 모두 산의 명칭이 있고 나서 지명이 만들어진 곳입니다. '白' 자가 들어간 것으로 보아 산이 높아 잔설이 오래도록 희게 남아 붙여진 이름인 것을 쉬이 알 수 있습니다. 하지만 아이러니하게도 그 지명을 가진 곳이 검은 탄의 생산지라 도시 전체가 검은빛으로 '白' 자의 의미를 무색케 합니다.

태백산은 1,567m의 육산으로, 정상에는 천제단과 생천년사천년(生千年死千年)이라는 주목이 유명한 곳이지요. 그 바로 아래 고을 명칭이 소도이니 삼한시대부터 신성시한 땅이요, 단군이 풍백 우사 운사를 거느리고 강림한 곳이기도 합니다. (일설엔 태백산이 곧 묘향산이라는 설도 있습니다.)

천제단은 사각형 기단부에 원형 제단으로 이루어져 있습니다. 이는 천원지방(天圓地方)의 사상을 그대로 담고 있는 것이지요. (天圓地方: 하늘은 둥글고 땅은 네모지다.) 천원지방 사상의 사례는 너무나 많아서 일일이 열거하기 어렵습니다. 역사책을 읽어보면 경주 첨성대도 아래는 둥근면인데 위는 네모나고,

강화도 마니산의 참성단도 주변은 네모지고 제단은 원형이며, 경회루의 바깥쪽 기둥은 네모진데 비하여 안쪽 기둥은 둥근 모양이고, 상평통보 엽전의 모양도 안은 네모진데 바깥은 둥근 모양이며, 오래된 탑의 양식도 기단부는 네모인데 윗부분인 보주는 둥근 모양이지요.

태백산에 올랐을 때 가장 멋스러웠던 것은 고목임에도 생을 유지하며 싹을 틔우고, 기품 있게 늘어서 모진 풍상에도 의연히 자리를 지키고 있는 주목 군락입니다. 그 나무는 참으로 멋스러워서 하나하나가 자연 그대로의 작품이 아닌 것이 없습니다. 그 신성한 공간에서 참으로 염려스러운 것은 주목의 세대교체가 이루어지지 못하고 있는 현실입니다. 주목은 가을에 붉은 모양의 열매를 맺습니다. 과육은 달달하여 먹을 수 있으며, 씨앗은 단단하기 그지없어 심고도 2년이 지나기 전엔 싹을 틔우지 않습니다. 이른 봄이 되면 그 노회한 주목 아래로 무수한 길이 만들어집니다. 그 좋은 풍광을 사진에 담기 위한 목적도 있지만, 대부분은 어린 주목을 불법으로 채취하여 반출하려는 몰상식이 자리하고 있다는 현실이지요.

역사든, 강이든 흘러야 합니다. 윗물과 아랫물이 자연스럽게 어울릴 수 있어야 합니다. 어찌 보면 그 주목의 아픈 역사가 요즘 기성세대와 자라나는 세대와의 불화와 닮은 느낌이 들어 왠지 씁쓸합니다. 세대 간, 상하 간의 불화를 불식시키기 위해 최고 좋은 방법은 상대방의 입장에 서보는 것이며, 한 발 뒤로 물러서 이해의 폭을 넓히는 것입니다.

태백산의 추억

우리나라 겨울 산의 주목은 태백산, 함백산, 소백산, 덕유산을 첫째로 알아줍니다. 그러고 보니 태백산은 4번 정도 가본 거 같습니다.

요즘 시즌이 태백산 눈꽃과 주목, 그리고 상고대를 맛볼 수 있는 절호의 기회이지요.

양의 동서를 불문하고, 세월의 고금을 불문하고 신에게 제사를 지내는 곳은 대부분 높은 곳에 위치하는 공통점이 있습니다.

높은 곳의 희구는 아마도 땅에 붙어사는 인간의 원초적 욕망일지 모릅니다.

태백산을 오를 때마다 느끼는 건 한 가지입니다. 천년 세월을 굳건히 지켜낸 주목 군락지를 보면 등걸 하나, 가지 하나에도 세월의 무게가 느껴지곤 했지요.

산 정상부….

　모진 바람에 높이 성장하지 못하고 땅에 붙어 자란 철쭉의 군락이 이색적인 풍광을 연출하고, 천제단에 켜켜이 쌓아놓은 돌, 마른 풀포기, 가지에 매달린 상고대…. 어느 하나도 소중하지 않은 것이 없다는 생각을 했습니다.

　높은 산에 오르면 멀리 인간세의 자동차가 점점으로 보이고, 삶의 터전인 대형 아파트도 성냥갑처럼 보입니다. 아울러 질곡으로 점철된 우리의 삶도 그 무게감이 작게 보이는 너른 마음을 갖게 됩니다.

　그것이 우리가 삶의 무게를 지고 산을 오르는 이유이고, 도인을 닮은 산의 품에 안겨 시름을 내려놓고 홀가분하게 산에서 내려오는 이유일 것입니다.산 아래 당골에서는 눈축제가 매년 벌어지고 있습니다. 여러 나라 작가들이 만들어 놓은 갖가지 눈 조각들이 관광객을 맞이하고 있지요.

　그냥 범인(凡人)의 눈으로 보기에는 인간의 손길로 만들어 놓은 조각상보다 자연이 주는 멋스러운 풍광이 훨씬 더 아름답다는 생각을 합니다.

　아마도 산에 가는 이유는 고차원적이고 철학적인 이유가 있어서가 아니라 그건 산이 주는 고즈넉함과 아늑함, 평안함과 여유로움 때문일 겁니다.

쌀쌀한 날씨인데도 운동하기엔 좋은 계절입니다.

"추워지기 전에 옷을 입고, 더워지기 전에 옷을 벗어라."

산이 인간에게 일깨워준 지론입니다.

[2014년 2월 태백산 주목]

아궁이

온돌은 따뜻할 온(溫) 자에 굴뚝 돌(突)을 씁니다.

굴뚝 돌 자를 파자(破字)하면 구멍 혈(穴)과 개 견(犬)으로 나뉘지요. 즉 구멍이란 여기서는 아궁이를 의미하는 것이고요. 옛날엔 변변한 개집도 없이 개를 놓아 기를 때 추운 겨울 개들이 온기를 찾아 추위를 견디는 데는 아궁이만 한 곳이 없었을 것입니다.

저는 어릴 적엔 시골 토담집에 살았습니다. (그 당시 주소는 강원도 춘성군 서면 오월리 불상번지) 그야말로 촌놈이지요.

흙으로 빚어 만든 집이라 벽면이 울퉁불퉁하기도 했고, 집이 낮아 기지개를 켤라치면 손이 천정에 닿기도 했습니다. 부엌 위쪽에 다락방을 만들어 이불이나 허드레 물건을 넣어두기도 했고, 다락방 문에는 국회의원 얼굴이 인쇄된 달력이 한 장으로 사시사철 붙어있곤 했습니다.

부엌 쪽으로 낸 쪽문에는 고양이 문을 뚫어놓기도 하였고, 겨울이면 윗목에 수수깡으로 우리를 만들어 고구마를 가득 채워 놓기도 했지요. 그 고구마는 겨우내 질화로 속에서 군고구마로 환생하거나 날것으로 깎여 훌륭한 간식이 되었습니다.

얇은 창호지 하나로 밖의 추위를 견디어 내야 하는 집 구조 덕에 추운 겨울에는 윗목에 놓아둔 걸레가 어는 것은 기본이고, 대접에 떠놓은 물이 꽁꽁 얼기도 했습니다. 그 당시만 해도 춘천은 유난히 춥기로 유명한 시골이지요.

댓돌에 놓인 신발이 영하의 날씨에 얼어붙어서 부뚜막 위에 얹어 따뜻하게 녹인 신을 신고 등교하는 길엔 따뜻한 발만큼 엄마의 따뜻함이 느껴지곤 했습니다. 또한, 추운 겨울이면 냇가에 나가 얼음을 깨고 개구리를 잡아 아궁이에 구워 먹던 추억은 지금도 지울 수가 없지요. 지금에 와서는 개구리가 보양식이지만, 그 당시는 먹을 것이 없던 시절이라 유일한 생계수단이었지요.

그 시절을 가장 따뜻하고 아름답게 추억하게 하는 것은 아마도 아궁이일 것입니다. 혀를 날름거리며 타들어 가는 장작불 앞에서 부지깽이로 불을 조절하며 느끼는 따뜻함은 주변에 있는 사람에게 정감 어린 대화로 익어가게 마련이어서 누구라도 다정다감한 인성이 길러지게 마련입니다.

어쩌면 시골에서 청춘 남녀의 데이트 장소 역시 아궁이 앞보다 좋은 곳은 없었을 테니까요.
요즘, 스위치나 버튼 하나로 모든 것이 해결되는 세상. 어찌 보면 과정의 소박함이 존재하는 풋풋하고 따뜻함을 배우기에는 시골의 온돌을 덥히는 아궁이 앞 문화만 한 것이 없다는 생각을 합니다.

난로가 없어 노변정담도 함께 사라진 지금 돌전정담(突前情談, 아궁이 앞의 정담)을 이야기하는 것이 생뚱맞긴 하지만, 디지털로 위로받을 수 없는 아날로그의 푸근함을 생각합니다.

마음의 문을 먼저 열어도 쉽게 들어오려고 하지 않는 세상이고 보면 가끔은 주변과 함께했던 옛 시절이 그립습니다.

겨울나무가 햇살의 고마움을 압니다

옛날 저희 춘천 시골집은 하루에 햇볕이 4시간밖에 안 듭니다. 그래서 집이 정동향인 까닭에 생긴 습관이 있지요. 눈 부신 햇살 덕분에 늦잠을 잘 수 있는 기회를 박탈당하고 살아온 것이 그 첫 번째이고, 멀리 춘천의 진산인 북배산 너머로 다소곳이 뜨는 해를 아침마다 맞이할 수 있다는 것이 그 두 번째입니다.

우리 집의 화초가 그나마 명맥을 유지하는 것도 이 동향집의 은공이 아닐까 하는 생각이 들었습니다.

아침이면 마루 깊숙이 들어온 햇살이 따사롭습니다. 날마다 공짜로 주어지는 햇살의 감사함을 잊고 살 때가 많습니다.

밭을 갈고 씨를 뿌리는 것은 인간이지만 잠자는 씨앗의 심장을 깨우는 것은 부드러운 대지이고, 씨앗의 기지개를 켜고 일어나 자라게 하는 것은 대지를 촉촉이 적시는 단비이며, 씨앗에 숨결을 불어넣는 것은 빛나는 햇살입니다.

어찌 보면 수고하고 노력한 것은 농부일지 모르지만 모든 것을 보듬고, 키워내고, 열매 맺게 하는 것은 대지와 비와 바람과 햇살입니다.

제4장_상대방의 존중

그래서 조상들은 자연 앞에 풍년을 구가하는 의식을 치러왔고 겸허한 마음으로 농사에 임하며 주신 것에 대한 감사한 마음으로 차례를 지내왔는지 모릅니다.

지금은 겨울. 대지의 생명이 겨울잠을 잡니다. 일순간 모든 것이 정지되어 있는 것 같아도 뿌리마다, 줄기마다, 가지마다 봄을 준비하느라 분주합니다.

한파에 시달려본 나무가 햇볕의 따스함을 압니다. 인고의 겨울이 없다면 나이테가 생기지 않을 것입니다. 겨울은 생명에겐 고난의 계절임에는 틀림이 없지만, 그 겨울을 잘 이긴 나무가 풍성한 열매를 맺는 법입니다.

불빛이 없으면 별이 쏟아집니다

나 어릴 적엔 가로등이 없었습니다. 전기가 군대 갈 무렵에 들어왔으니 말입니다.

그 시절에는 달빛은 참으로 귀한 것이었습니다. 요즘 음력이 환영받지 못하는 이유는 생활 속에서 달빛을 잃어버렸기 때문일지 모릅니다.

보름의 휘영청 한 달빛 아래 사물들이 어슴푸레하게 파스텔톤으로 다가올 때의 아련함은 정다움입니다. 그 풍경의 따스함이 나만의 비밀스러운 느낌으로 다가오곤 했지요.

그믐이 되면 칠흑 같은 세상이 됩니다. 좀 생활형편이 나은 사람들은 랜턴을 사용했고, 관솔불이나 병에 석유를 넣어 심지를 박고 병 불을 만들어 사용하기도 했습니다.

그런데 밤눈이 밝은 사람은 등불 하나 없는 시골길을 잘도 걸어 다녔습니다. 문제는 도시의 휘황한 불을 접하고 나면 누구든 어두운 밤길을 걷는 것이 쉽지 않다는 사실이지요.

하늘에 별을 보기가 참으로 힘든 세상입니다. 도시 전체가 밝아서 별빛이 희미해진 이유도 있지만, 삶에 쫓겨 하늘을 보는 여유가 없어진 이유이기도 하지요.

도시에선 새벽에 등불이 하나둘 꺼지고 도로를 누비는 자동차들이 모두 잠들어야 별들이 하나둘 깨어납니다.
별빛은 단순히 아스라이 먼 항성에서 출발한 빛에 불과한 것일지 모릅니다. 하지만 어릴 적 툇마루에 누워 쏟아질 듯 영롱한 별빛을 보면서 상상의 나래를 펼치고 꿈을 생각했던 추억만큼은 소중한 것이지요.

별빛은 예나 지금이나 변함이 없건만 그 추억을 간직하고 그리운 이유는 그건 아마도 잃어버린 순수 때문인지도 모릅니다.

초지일관(初志一貫)

우리 주변에 볼 수 있는 자연물 중에서 군자의 기품을 닮은 사물을 취해 사군자(매, 난, 국, 죽)라 이름하고 즐겨 그림의 소재로 삼았습니다. 그리고 순서대로 춘하추동의 대표주자로 인식하고 있지요.

"심산유곡에 피어난 난초라고 하더라도 그 향기를 반기는 사람이 없다고 하여 향기를 멈추지 않으며, 군자가 의로움을 행함에 있어 알아주는 이가 없다고 하여 이를 그만두지 않는다."
이 글의 주된 덕목은 '변함없음'입니다. 그리고 다른 말로 바꾸어 말하면 '한결같음'이지요. 다른 시각에서 보면 '처음처럼'이구요. 그것을 한문으로 옮기면 '초지일관'입니다.

어떤 갑갑한 사람이 있었습니다. 그는 77년 7월 7일 7시 7분 7초에 일어났습니다. 출근길에 택시를 탔는데 7777번이었답니다. 너무나 기분이 좋아 경마장에 가서 7번 말에 전 재산을 걸었습니다.

그런데 말입니다. 그 말이 7등으로 들어온 겁니다. 초지일관의 마음을 좋은 데 썼으면 얼마나 좋았을까요?

의지가 약해서 고민이신가요? 누구든 작심삼일의 경지를 걷습니다. 우리가 작심을 할 때는 기분 좋고 즐거운 것을 하지 않습니다. 고생을 해야 하고, 시간을 투자해야 하고, 잠을 덜 자야 하고…. 그런 고통을 수반할 때 작심을 하는 것이지요.

인간은 기본적으로 고통을 피하고자 하는 습성이 있습니다. 그러니 작심삼일은 누구나 겪는 일반적인 상황일 수 있습니다. 그러니 가끔 자신을 돌아보고 초심을 유지하는 사람을 존경의 눈으로 바라볼 수밖에요.

정신력이나 자신감은 하늘에서 뚝 떨어지는 것이 아닙니다. 긍정적 자기 최면으로 중단 없는 모습에서 얻어지는 것이지요. 고통 없는 승리나 땀 없는 성공은 없습니다.

지금 가는 길이 올바르다면 무소의 뿔처럼 묵묵히 가야 합니다. 처음 먹은 마음 그대로 말이지요.

농심

어릴 적 불을 끄고 자리에 누우면 먼 논에서 개구리 울음소리가 아련하게 들려옵니다.

엄마의 자장가 같은 정겨운 소리를 베개 삼아 울음소리가 날라다 준 추억에 잠겨 잠들 수 있다는 것은 행복입니다.

시골의 분주하던 논에 쟁기를 끄는 암소 소리가 멈춘 건 모내기가 끝났다는 의미일 것입니다.

우린 너른 들에 그득한 파란 물결을 보고 '논은 푸르러야 멋있다.'라고 감상에 젖지만, 농부는 푸른 논 안에서 중간중간 뜬 모 때문에 다시 심어야 하는 공간을 봅니다.

우리는 밭에서 실하게 자란 배추와 열무를 보지만, 농부는 벌써 농작물보다 실하게 자라난 잡풀을 봅니다.

입장에 따라 보이는 것이 다른 셈이지요.

상추를 잘 길러 이웃에게 "마음껏 뜯어다 드세요."라고 했을 때, 주인은 상추를 뜯으면서 잡풀도 뽑지만, 이웃은 잡풀은 안 중에 없고 좋은 상추만 골라 뜯어갑니다.

그러한 사실이 나쁘다고 말하는 것은 아닙니다. 입장에 따라서 나타나는 행동이 다르다는 이야기를 하는 것이지요.

아이가 뒤뚱거리다가 작은 돌부리에 걸려 넘어집니다.

그러면 엄마는 얼른 아이를 추스르며 죄 없는 돌멩이를 나무라지요.

"이놈의 돌멩이 왜 남의 귀한 자식을 넘어뜨려~!"

아이는 자기 잘못을 깨닫는 분별력을 가질 기회를 상실하게 되고, 그렇게 자란 아이는 모든 것을 남의 탓으로 돌리게 되는 자기중심적인 어른이 되어버리기에 십상이지요.

입장에 따라 달라지는 것이 세상 이치입니다.

내 입장만 고수하면 팍팍해질 수밖에 없는 것 또한 세상입니다.

새는 좌우로 날갯짓을 해야 하늘을 납니다.

건강에 대하여

우유를 먹는 사람보다 배달하는 사람이 더 건강하고, 심마니들이 캐다 판 진귀한 약초를 먹는 사람보다 이 산 저 산을 누비며 약초를 캐기 위해 힘들여 노력한 심마니들이 더 건강하다는 이야기가 있습니다.

지인 중에서 가정형편이 어려워 고학으로 주변의 도움을 받아 생활했지만, 열심히 공부하여 거의 1등을 놓치지 않은 사람이 있었습니다.

대학 졸업 후 2년 동안 아르바이트로 열심히 돈을 모아 청운의 꿈을 안고 미국 유학길에 오르게 됩니다. 학비를 벌며 대학을 다니느라 남들보다 두 배 이상의 기간을 들여 학위를 받고 국내로 들어왔지요.

국내에서도 넘치는 박사들 때문에 생활이 그리 녹록지 않아 이 대학, 저 대학 보따리 장사(시간강사)로 근근이 생활하다가 나이 오십 줄에 정규 대학의 전임강사로 생활이 좀 안정되었는데, 최근에 건강이 안 좋아 정밀검사를 받아보니 간암 말기로 3개월 시한부 인생을 선고받고 고향으로 돌아와 소천할 날만 기다리는 참 불쌍한 교수가 있습니다.

고생고생하여 목적한 뜻을 이루더라도 건강을 잃으면 부와 명예, 권력과 지위가 무슨 소용인가요?

『동의보감』엔 다음과 같은 이야기가 나옵니다.

편작(扁鵲)이 말하기를 병에는 여섯 가지 불치(不治)가 있습니다.

첫째는 교만하고 방자하여 도리에 어긋나는 것을 하는
　　　경우이고,

둘째는 몸의 건강보다는 재물을 더 소중히 여기는 경우요,

셋째는 먹고 입는 것이 적당치 않을 때이고,

넷째는 음양(陰陽)이 조화되지 못하여 내장의 기능이
　　　고르지 못할 때이며,

다섯째는 너무 쇠약하고 말라빠져 약을 복용할 수
　　　없게 되었을 때이고,

여섯째는 의술을 믿지 않고 무당과 같은 미신을
　　　믿는 경우입니다.

돈으로 약을 살 수는 있지만 건강을 살 수는 없다는 말씀이 있습니다. 그리고 엄살이 심한 사람이 장수 가능성이 크다는 말씀도 있지요.

이 우주를 통틀어 오직 하나밖에 없는 것이 자신의 몸입니다. 참 좋은 세상, 그건 건강해야 누릴 수 있습니다. 적당한 운동과 정기적인 건강검진을 소홀히 여기면 안 되는 이유이지요.

"음식으로 고칠 수 없는 병은 약으로도 고칠 수 없다"
－히포크라테스

음식을 먹는 것은 몸이 아니라 마음이다.

사람에 따라서 맛있다는 음식이 다르다.

어떤 마음으로 음식을 먹느냐에 따라 약이 될 수도 독이 될 수도 있다.

[작품으로 소장해 놓은 담금주]

상대방의 존중

우리말을 잘 살펴보면 문화적 깊이를 느낄 때가 있습니다.

특히 인간관계 속에서의 모습이 그러하지요.

같은 발음이 나면서도 한자가 다른 경우가 있습니다.

매매(賣買: 팔 매, 살 매)가 그러하고, 수수(授受: 줄 수, 받을 수)가 그러합니다.

중요한 것은 '賣買'와 '授受' 어느 것이라도 내가 먼저 내어주는 것이 앞쪽에 위치한다는 것이지요.

팔거나 주는 것이 우선이고, 사거나 받는 것이 후자라는 것은 상대방을 깊이 존경하지 않고는 있을 수 없는 일입니다.

"피아지간(彼我之間)"이나 "물아일체(物我一體)"라는 말씀도 '저 것'이나 '물건'이 우선이고, '나'는 뒤에 위치합니다. 상대방을 배려하는 것이 우선시 되는 것이지요.

언제부턴가 사람들은 자기중심적인 삶을 살기 시작했습니다.

타자와의 관계 속에서 아름답게 익어가야 할 우리들의 모습이 나를 우선시하고 배려심을 잃은 관계 속에서 닫혀있는 것이지요.

'군중 속의 고독'이라던가, '대중 속에서의 소외'라는 낯선 단어들이 일상적으로 사용되는데 거부감이 없는 사회가 된 것도 이 관계의 상실에서 기인하는지 모를 일입니다.

남을 위해 살라는 말씀이 아닙니다. 그렇게 살기는 너무도 어려운 일이니까요. 하지만 더불어 사는 것은 상대적으로 쉬울 수 있습니다.

더불어 사는 것!

가장 실천하기 쉬운 것은 나보다 남을 앞에 놓고 생각하는 것입니다.

밝고 흐뭇한 사회가 되는 것은 나를 생각하는 모습이 아니라 남도 더불어 생각하는 데서 오는 것임을, 그리하여 행복에 좀 더 다가갈 수 있는 우리가 될 수 있기를 함께 생각해 보았으면 합니다.

강원도 아리랑

고향의 향수는 누구에게나 있지요. 내 고향은 김유정의 문학 혼이 살아있는 춘천입니다. 그의 소설『봄봄』에는 동백꽃이 등장 하지요. 이 동백꽃은 봄에 피는 남도의 꽃이 아니라 껍질을 벗기 면 생강 냄새가 나는 생강나무를 의미합니다.

『강원도 아리랑』에는 다음과 같은 구절이 있습니다.
"열라는 콩팥은 왜 아니 열고 아주까리 동백은 왜 여는가?"
콩팥의 성장을 저해하는 것은 바랭이나 망초 쇠비름 등의 풀인데 생뚱맞게 아주까리와 동백을 원망하는 것이 좀 이상하지 않나요? 아주까리는 피마자로서 콩밭에 심는 것이 아니며, 동백나무(생강나무)는 아예 산에서 크는 나무인데 말입니다.

피마자 열매나 생강나무 열매는 머리에 바르는 기름을 짤 수 있습니다

"열라는 콩팥은 왜 아니 여느냐"는 말에는 흉년이 들어 생활이 어려운 민초들의 삶의 애환이 들어있는 것이고, "아주까리 동백은 왜 여는가"는 가을이 되어 아주까리 동백의 열매가 맺히면 그 열매로 머릿기름을 만들어 바르고는 동네 처녀가 도회지로 나갑니다. 그러니 그 노래에는 풋풋한 처녀를 도회지로 보내야 하는 총각의 서러움이 담겨있는 것입니다.

농촌에서 나고 자랐기에 농촌 현실이 얼마나 어려운지 잘 압니다. 젊은이들이 사라진 마을에서 근근이 버텨온 질곡의 삶이 수년 전 FTA란 폭풍을 만나 난파 직전에 있는 현실을 봤습니다.

아무리 정보화시대에 첨단으로 무장한 사람일지라도 농업으로 인한 결과물을 먹지 않고는 살아갈 수 없습니다. 국경이 흔적기관으로 퇴화하고 있는 현실 앞에서 이제 식량 주권을 심각하게 생각해야 합니다.

식량 자급률이 22.6%라고 합니다. 주식인 쌀을 제외하면 겨

우 5%밖에 안 된다는 현실을 직시해야 합니다. 농촌과 농민을 홀대하는 참으로 이상한 사회가 되어선 안 되는 것이지요. 흙에서 태어나 흙으로 돌아간다는 정서적 이유가 아니라 급변하는 기후변화 속에서 살아가야 하는 우리의 생존 문제이기 때문입니다.

정의의 여신

제가 96년도에 해외 출장차 25일간 유럽을 다녀온 적 있습니다.

독일을 여행하면서 공원마다 중앙에 서있는 정의의 여신상을 보았습니다. 한 손엔 저울을, 한 손엔 칼을, 그리고 눈을 천으로 질끈 동여매고 있는 모습입니다. 자유의 여신상처럼 정의의 여신상도 여성입니다. 그 이유는 정의에 가까운 것이 그리스의 '디케(Dike)'라는 여신이기 때문이지요.

이 여신상을 뜯어보면 정의를 지키기 위한 인간의 노력이 보입니다. 눈을 가리는 띠를 두른 것은 법을 집행함에 있어서 주관성을 배제하여 억울한 사람이 없도록 하겠다는 의미이고, 저울을 들고 있는 것은 행위의 잘잘못을 정확히 판단하겠다는 것이고, 칼을 들고 있는 것은 법을 엄정하게 집행하겠다는 의지의 표현입니다.

요즘 읽는 『한비자』에 다음과 같은 말씀이 나옵니다.
"진정한 지도자는 거울과 저울 같아야 한다."
훌륭한 지도자는 자신의 분명한 정체성과 가치관을 갖고 흔들림 없이 처신을 해야 함을 나타내는 말입니다.

거울은 사물을 비추는 대상입니다. 그런데 거울이 흔들린다면 사물을 분명하게 볼 수 없습니다. 저울 또한 있는 그대로 일을 처리하는 공평무사를 의미하지요.

지도자는 흔들리지 말고 멀리 볼 수 있는 혜안을 갖춰야 합니다. 요즘 세상을 보면 아이러니하게도 정치인들이 국민을 걱정해야 하는데, 오히려 국민들이 정치인 걱정을 하고 있는 모습을 봅니다.

정의란 사회나 공동체를 위한 옳고 바른 도리를 의미합니다. 그런데 우리 사회는 1등과 이익, 부자 되기와 성공이 정의로 인식되는 경우가 많습니다. 심지어 끝까지 살아남는 것이 정의라고 굳은 신념을 갖고 있는 사람들도 있지요.
"나를 위해서는 땀을 흘리고, 남을 위해서는 눈물을 흘리고,

나라를 위해서는 피를 흘려라."

제대로 된 판단과 사고가 세상을 이롭게 합니다.

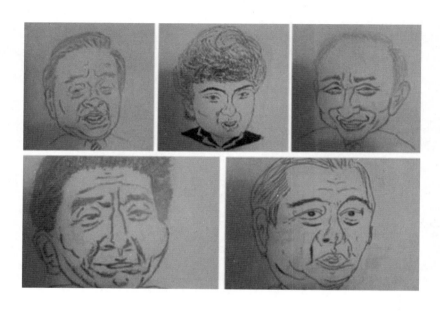

[2015년 역대 대통령을 그린 캐리커처]

一生一石

한때 수석 취미에 푹 빠지셨던 영종도에 사시는 형님 한 분이
계십니다.

형님의 취미는 평소 수석을 보고 있으면 마음이 안정되고, 수석에 물을 뿌리고 기름칠하고 정성껏 깨끗하게 닦고 있으면 마음이 깨끗하게 정화 된다고 합니다.

　어떤 것에 정신이 집중되어 있는 현상을 터널 기제에 빠졌다고 합니다. 터널에 들어서는 순간 좌우는 보이지 않고 오직 앞만 보이기 때문입니다.

　80년대 초 형님과 나는 휴일이면 들로, 산으로, 강으로 명석을 찾아 나섭니다. 오직 땅만 내려 보고 걷는 것이 일과이지요.

　아직까지 수석은 대중화되어 있지 않아 취미가 아니고서는 일반인은 흔히 볼 수 있는 분야는 아닙니다. 수석 하면 떠오르는 연예인을 뽑으라면 가수 설운도 씨입니다. 방송에서 보여준 수석은 가격뿐만 아니라 양도 어마어마하여 보는 이로 하여금 감탄사가 절로 나옵니다.

　수석은 자연의 창조물이기 때문에 자연 속에서 자연미를 발견하는 것입니다. 자연은 인공이 전연(全然) 가하여지지 않은 것이지요. 그렇기 때문에 수석을 사람이 평가한다는 것은 어려운 일이지만, 미를 찾는 예술로서 자연 속에서 자연의 심미안(審美眼)을 찾아야 합니다.

　하지만 드넓은 돌밭과 강가에서 천 년을 두고 만 년을 두고 뒹굴면서 마모(磨耗)된 수석이라고 할 만한 것을 찾아내기란 그리 쉽지가 않은 일입니다.

석질이 좋은 수석을 탐석하려면 단양에서 충주까지 목계강변을 빼놓을 수는 없습니다. 그 외에도 점촌, 문경, 정선, 영동, 여주, 고성, 이천, 미원, 연풍, 덕산, 안동 등 수석이 나올만한 곳을 찾아다니기도 했습니다. 그 덕에 수려한 단양팔경도 샅샅이 구경하게 되지 않았나 싶습니다. 특히 남한강 줄기의 석질(石質)은 으뜸으로 꼽아줍니다.

烏石(까마귀 오, 돌 석)이라고 하지요.

수석의 3요소는 형, 질, 색입니다. 또 '壽石'은 '목숨 수' 자를 쓰고 있지요. (중국은 水石) 돌에 살아있다는 느낌을 부여하기 위해서가 아닐까요? 수석은 생김새에 따라 붙이는 이름이 다양하답니다. 최고로 불리는 산수경석을 비롯해 문양석, 색채석, 추상석, 물형석 등.

아마 형님 집에 진열해 놓은 수석이 약 400점이 되지 않을까 싶습니다. 온 집안이 수석으로 도배했으니까요. (참고로 저의 집은 100점 소장) 한 점 한 점 관찰하면 오랜 세월에 걸쳐 고난과 역경을 인내하여 완성된 수석이라 볼 수 있습니다.

"일생일석(一生一石)"
일생일석이란 내가 소장하고 있는 수석 중에 제일 아끼고 사랑하는 돌인 동시에 내 마음의 돌이라고 표현하면 됩니다.
명석이란 누가 보아도 감탄을 아끼지 않는 잘 생긴 돌이며, 살아있는 돌, 즉 살아있는 것으로 대화가 가능한 돌이며, 돌을 바라보면 볼수록 그 속으로 빨려 들어가는 그런 신비스러운 것이 명석입니다.

탐석을 위해서는 배를 타고 멀리 섬에 나가는 것도 불사한다는 수석인들의 이야기를 들으면 정말 돌이 좋아서 할 수 있는 취미라는 것을 다시 한 번 느끼게 하였습니다.

술

술은 적당히 마시면 약이 되지만 과하게 마시면 독이 된다는 금언은 동서고금을 막론하고 널리 알려진 속설입니다.

술은 인류 역사와 더불어 거의 모든 문화권에서 소비되는 기호식품입니다. 종종 사교적 소통과 인간관계를 증진시키는 촉매체가 될 뿐만 아니라 종교, 사회, 가족 의식의 목적으로도 널리 사용되고 있어 이미 우리 일상생활 속에서 떼어 놓을 수 없을 만큼 뿌리가 내려져 있습니다. 하지만, 술은 정신적, 육체적, 사회적인 측면에서 볼 때 동전의 양면과 같아서 적절한 음주가 필요한거 같습니다.

지인 중에서 술을 많이드시는 형님 한분이 계십니다. 한때는 술을 지고는 못가도 먹고는 간다는 그런 분입니다. 배가 나왔는데도 불구하고 산행도 잘하시고 근력도 대단하십니다. 젊을 땐 앉은 자리에서 댓병소주를 여러병 마셨다고 하니 그때는 아마 술독에 빠진거 같습니다. 뒷문으로 들어갔다가 앞문으로 나올 정도로 애주가이신 형님은 70세가 넘어서야 서서히 술을 줄이기 시작합니다. 체력을 뒷감당 못하여 몸에 신호가 오는 모양입니다.

말술에 대해 원인을 물었습니다.
"경상도 사투리로 왜 묻노, 아직까지 20대 아이가."
"맞습니다."
20대가 아니라 10대입니다. 목소리는 쩌렁쩌렁하고 걷는 보폭의 운동 신경은 젊은 사람 못지않게 민첩합니다. 게다가 몸에 좋은 산삼, 송이, 구지뽕, 헛개나무열매 등 음주할때는 꼭 지참하시고 항상 건강을 챙기는 습관이 있습니다.

강원도 지방은 옥수수가 지천입니다. 밀주 단속 경계가 그렇게 삼엄했음에도 불구하고 우리 집에는 거의 늘 술이 있었습니다. 아버지가 워낙 술을 좋아하신 데다 엄마가 담그는 술 맛이 좋았으니 제사, 생일, 명절 등을 핑계로 술을 좀 넉넉히 담가 두었다가 집안의 여기저기에 숨겨두고 드셨던 것이지요.(그 당시 밀주 제조는 법으로 금지되어 있어 국세청 단속반이 점검나오는 시절이었습니다.)

술은 혼자 마시지 마십시오. 그런 사람일수록 알콜 중독자가 많습니다. 술 장사는 많지만 술을 이기는 장사는 없습니다. 술자리가 많은 연말, 연초… 올바른 음주 습관으로 건강관리 하시기 바랍니다.

호야를 생각하면서…

어릴 적 지나온 추억을 잠깐 소개할까 합니다.

저의 고향인 춘천 시골 마을에서는 가끔 밤에 모든 불을 끄고 향초를 피워놓을 때가 있습니다. 흔들거리며 애써 어둠을 쫓아내는 모습엔 어린 시절 호롱불의 추억이 짙게 배어있습니다.

눈을 들어 사방을 보아도 온통 산뿐이고, 자고 일어나면 화전밭일이 기다리는 고단한 삶. 내 유년시절 기억에 그려져 있는 고향 풍경은 시골살이의 팍팍함이 묻어있습니다.

춘천댐 아래 산자락에 안겨있던 오두막집엔 전기가 들어오지 않았습니다. 제가 고등학교 2학년 때까지도 전기 구경을 못 했으니 촌은 촌이지요. 전기 생산공장인 춘천댐을 코앞에 두고도 전기를 쓰지 못한 이유는 겨우 다섯 집 사는 촌락에 고압전기를 낮추는 변압기와 전주를 설치할 여력이 없었기 때문입니다.

덕분에 호야는 지겹도록 켜고 살았습니다. 호야에 담긴 불은 아무리 심지 조절을 잘해도 그을음이 많이 생기고 워낙에 얇은 유리로 되어있어 램프를 닦다 보면 깨먹기 일수였지요. 나중엔 호야를 파는 곳이 없어, 너무 귀해진 덕에 수험생이면서도 긴 밤의 호사를 누리는 덕도 보았습니다.

나무를 해 때던 그 당시는 석유도 귀해서 장날 연하늘색 소주 대병에 석유를 채워 엎지를세라 조심스레 사오던 기억이 새롭습니다.

호야를 기억하시는지요?

심지를 돋구어도 방안에 어둠을 다 몰아내기가 역부족이고, 벽에 걸어두면 아래쪽에 어둠이 스멀거리고, 사람이라도 지나갈라치면 그림자에 흔들거리는 어둠….

고요한 밤에 호야불에 의지하여 책을 읽다 보면 춤추는 불꽃으로 인해 온 세상이 함께 얼른얼른한 모습으로 요동치곤 했지요.

가로등이 무엇인지 모르고 살았던 그때는 달빛이 얼마나 귀했는지 모릅니다. 플래시 불빛에 의지하여 바깥출입을 해야 했던 그땐 또 어둠이 왜 그리 무서웠는지 모릅니다.

요즘은 너무 흔해서 탈인 세상입니다.

너무 먹어서 생긴 성인병 때문에 고민이고

지나친 영양으로 뚱뚱해진 몸매 때문에 고민이고

너무 갖고 놀 거리가 많아서 책 읽을 수 있는 시간이 없어 고민이고

이른 아침부터 밤늦도록 학교와 학원을 전전하며 미처 소화시킬 수 있는 시간도 없이 구겨 넣은 지식이 너무 많아서 고민입니다.

가끔은 두꺼비집 스위치를 내리고 식탁 위에 작은 촛불을 켜두고 도란도란 정감 어린 대화의 시간을 가져보는 것도 정말 의미 있는 일이 아닐까 하는 생각을 가져봅니다.

돼지가 하늘을 볼 수 있을까요?

야생의 돼지가 인간에게 길들여진 것은 인간이 한곳에 정착하여 살게 된 농경생활의 시작과 관련이 있습니다. 기원전 6,000년 전부터 돼지와의 동거가 시작된 것이지요.

그런데 돼지는 하늘을 보지 못한다고 합니다. 돼지는 목 근육과 골격 구조상 목이 아래로 향해있기 때문에 사람처럼 목을 처들 수 있는 구조가 아니라서 하늘을 볼 수 없다는 것이지요.

그 이유로 땅을 잘 파는 것이며, 그래서 감자와 고구마 같은 뿌리 식물을 좋아하는 것입니다. 지인에게 돼지가 하늘을 보지 못한다고 했더니 만약 돼지가 하늘을 보면 코에 물이 들어가기 때문이라는 새로운 해석을 늘어놓아 한참을 웃었습니다.

돼지가 하늘을 보지 못한다고 해서 이상하거나 불쌍하게 생각할 필요는 없습니다. 하늘을 봐야만 세상을 잘 먹고 잘사는 것은 아니기 때문이며, 모든 것을 알아야만 행복에 가까이 갈 수 있는 것은 아니기 때문입니다.

돼지는 자신이 하늘을 볼 수 없다는 사실에 대하여 불행하게 생각하거나 불편해하지 않습니다. 자신의 먹거리는 땅에 존재하지 결코 하늘에 있는 것이 아니기 때문이기도 하지요.

내가 가진 것을 남이 갖고 있지 않다고 해서 함부로 판단해서는 안 되는 것이며, 모든 사람이 다 할 수 있는 일을 특정인이 하지 못한다고 해서 업신여기거나 얕잡아 보아서는 안 되는 것입니다.

돼지에게 하늘은 생존엔 아무런 의미가 없는 것처럼 평범한 사람에게 특수한 기능 또한 의미가 없습니다. 만약 나와 너무 다른 것이 많아 스트레스로 작용한다면 서로의 가치관이 다를 뿐이라는 넓은 마음을 가질 필요가 있습니다.

진정한 행복

아침에 일어나면 창 너머 넓게 펼쳐진 탁 트인 도봉산의 시원함과 야트막한 산 위에서 용트림하는 햇볕의 따뜻함….
선물 같은 하루가 시작되는 풍경입니다.

강남의 고급스러운 아파트와 넓은 주택이 아무리 좋아도 철마다 다른 모습으로 다가오는 산과 들의 아름다움과 흙의 따뜻한 온기를 느낄 수 있는 내가 사는 마을의 멋스러움에 견줄 수 있을까요?

어릴 적 춘천 명동을 걷다 보면 화려하고 휘황한 불빛 가운데 인간의 욕망을 길어 올리려는 과장된 몸짓과 소유함으로 충족되는 허영과 욕망의 번들거림, 알맹이보다는 껍데기에 함몰된 모습, 인간 군상의 삐뚤어진 소유의 단면을 봅니다.

어찌 보면 세상엔 내 것이라고 주장할 수 있는 것이란 하나도 없는 것일는지 모릅니다. 수의에는 주머니가 없다고 합니다. 아무것도 가지고 갈 것이 없는 소박한 현실의 반영인 것이지요.

아무리 아끼던 소중한 물건도, 세상 무엇 하고도 바꿀 수 없는 사랑하는 사람도, 세상을 떠날 때는 다 두고 갈 수밖에 없습니다.

그러나 우린 삶이 영원할 것이란 착각 속에서 살고 있습니다. 소유의 개념 또한 개체의 생존 기간에 한정되어 있다는 사소한 진실을 잊고 살 때가 너무 많다는 것이지요.

절대 빈곤이 사라진 요즘 더 가지지 못하여 불행해 하는 사람들이 넘쳐나고, 욕심으로 인한 다툼과 분쟁 때문에 형제를 버리고 부모를 버리고 자식을 버리는 그런 사람들이 주변에 늘어갑니다.

돈을 형이라 부르고 아버지라 부르며, 심지어는 신이라 부르는 사람들이 늘어간다는 것은 참으로 슬픈 일입니다.

맹자가 이런 말을 했죠.
"나보다 10배 가진 사람을 부러워하고, 100배 가진 사람을 존경하고, 1,000배, 그 이상 가진 사람에겐 종이 되어라."
그렇다고 종이 된다는 게 아니라 그 사람 밑에서 배우라는 것이 아닐까요?

어떤 삶이 진정한 행복에 가까운 것인지 스스로 돌이켜 헤아려 볼 때입니다.

자화상

요즘 들어 거울을 보고 이런 생각을 많이 해봅니다. 나이가 들수록, 늙을수록 얼굴에 웃음이 그려져야 하는데, 불과 이 년 전부터 쪼글쪼글하고, 핏기없고 무상무념에 젖어있는 내 모습을 볼 때마다 거울을 깨고 싶은 마음이 한두 번이 아닙니다. 늙은 얼굴은 자신의 인생 성적표이기 때문이지요.

나이 들어 얼굴에 짜증과 불만, 우울을 담고 있다면 내 인생의 낙제점을 만천하에 공개하는 것이 됩니다. 사람에게는 본능적으로 아름다움을 추구하는 욕구라는 것이 있어서 자신이 추해 보이지 않게 하려 많은 노력을 합니다. 이만큼 살아왔으니 마음도 이만큼 넓어지고 따뜻해졌다는 것을 우리는 얼굴의 표정으로 말할 수 있어야겠지요.

나도 언젠가 스스로 생의 성적표를 받았다고 확연히 느낄 때가 다가올 것입니다. 그때 나의 얼굴 표정은 어떨지 궁금합니다. 하지만 꼭 그날이 오지 않아도 그날의 표정을 우리는 알 수 있습니다. 지금 살아가는 모습을 보면 알 수 있기 때문입니다.

내 얼굴 표정은 이미 오래전부터 그리고 지금 이 순간에도 만들어지고 있습니다.

그리고 보면 삶에 거짓은 있을 수 없습니다. 먼 훗날 내 얼굴에 그려질 표정들이 따뜻하고 넉넉하기를 바라며 살아갑니다.

잘 살고 있습니까?

우린 '잘'의 개념에 가끔 홀리는 경우가 있습니다.

"저 사람은 술을 잘 마셔!"란 표현은 술을 많이 마시는 것이
잘 마시는 것인지, 적당히 먹어 취중에라도 실수하지 않는 것이
잘 마시는 것인지 경계가 모호합니다.

제4장_상대방의 존중

어제 하루를 잘 살았나요?

출근길에 붉은 점퍼에 배낭을 멘 등산객을 보았습니다. 저 사람은 무슨 팔자가 늘어져 출근도 안 하고 취미생활을 할까? 부러운 마음이 든 것도 사실입니다. 그런데 어찌 보면 우리가 눈에 보는 것이 다는 아닐 수도 있습니다.

그는 건강을 잃어 투병의 일환으로 어쩔 수 없이 산에 오르는 것일 수도 있고, 실직하여 마땅히 갈 곳이 없는 처절함이 있을 수도 있습니다. 물론 팔자가 좋아 취미생활을 즐기는 것일 수도 있겠지요. 하여튼 보이는 것이 전부는 아닙니다.

잘 사는 것이란 어떤 것일까요?

돈을 많이 벌어 보란 듯이 사는 것도 잘 사는 것일 수 있겠지요. 나이가 들어갈수록 돈은 정말 필요한 것이지만, 돈 때문에 불행해지는 사람도 있으니 꼭 그러한 것만은 아닙니다. 세상을 다 가질 듯이 욕심을 부려 재산을 불려놓고 쓰지도 못하고 자식들에게 분쟁만 남기고 세상을 등지는 사람도 많습니다.

우리는 잘 살아야 합니다.

잘 사는 것은 기쁨과 행복이 있는 삶입니다. 가끔은 하는 일이 힘들어 삶의 질곡에 허우적댈 때도 있을 겁니다. 세상이 나만 미워하는 것 같고, 하늘이 나에게만 불공평한 처사를 하는 것 같은 느낌이 들 때도 있을 겁니다. 그러나 주변을 둘러보면

근심 하나 없이 살고 있는 사람은 없습니다.

잘 살려면 마음이 잔잔해야 합니다.

그리고 눈이 오면 오는 눈을 맞으며 기쁨에 젖고, 낙엽이 지면 낙엽을 보면서 행복에 잠기며 옆에 더불어 있는 사람과 잔잔히 미소 띤 삶을 살아가야 합니다.

인생의 행복은 남과 비교하여 잘 난 것에 있지 않습니다. 호화로운 집에 큰 자동차에 있는 것도 아니지요. 그건 순간순간 기쁨과 즐거움을 느끼는 것에 있는 것입니다.

한 가지만 잘 간직해도 잘 살 수 있습니다.

그건 현재의 행복을 유보하지 않는 마음이지요.

오늘도 잘 살고 있습니까?

소나무가 늘 푸른 이유

상록수가 잘 자랄 수 있는 환경은 사시사철이 따뜻하여 언제든 햇볕을 이용한 광합성으로 지속 가능한 성장이 담보될 수 있는 곳이 제격입니다.

하지만 소나무는 겨울이 존재하는 추운 곳에서 상청(常靑: 항상 푸름)의 꼿꼿함을 유지하고 있습니다. 때론 눈의 무게 때문에 가지가 부러지거나 심한 경우에는 뿌리까지 송두리째 뽑혀나가는 어려움이 있는데도 사시사철 변함없는 푸름으로 자리를 지키고 있습니다.

왜 소나무는 그런 고난의 길을 스스로 걷고 있는 것일까요?

햇빛이 적은 겨울엔 대부분의 활엽수는 잎을 떨구어 냅니다. 그 이유는 광합성으로 만들 수 있는 에너지보다 생존을 위하여 소비되는 에너지가 더 크기 때문이지요. 그럴 바에야 잎을 떨구고 겨울잠을 택하는 것이 생존에 보다 유리합니다.

소나무가 늘 푸름을 유지할 수 있는 것은 잎이 떨어지기 이전에 꾸준히 다른 잎을 만들어 내기 때문입니다. 그리고 소나무는 잎이 뾰족합니다. 이는 잎의 표면적을 최소화하는 데 유리하지요. 즉, 생존에 소비되는 에너지를 최소화하여 겨울에도 늘 푸름을 유지할 수 있는 것입니다. 겸허하게 자신을 통제하는 능력이 큰 이유이지요.

추사 김정희는 글씨도 잘 썼지만 그림으로도 유명합니다. 가장 대표적인 것이 『세한도(歲寒圖)』이지요. 그림에 기록된 "세한연후지송백지후조(歲寒然後知松柏之後彫)"는

"겨울이 되어야 소나무와 잣나무가 시들지 않음을 안다."라는 공자의 어록인 『논어』에 나오는 말입니다.

그러니 어려움이 닥쳤을 때 진정한 친구가 가려지는 법이고, 국난을 당했을 때에 충신과 간신이 구분되는 것입니다.

소나무는 변하지 않는 속성 때문에 의리나 지조, 절개와 불변의 아이콘으로 사용됩니다. 세상이 험하기 그지없습니다. 그럴 때일수록 담긴 그릇의 모양에 따라 수시로 형태를 바꾸는 물의 변화무쌍한 지혜도 필요하지만,

늘 푸른 소나무처럼
천천히 걷지만 꾸준함이 있는 황소처럼
바람이 산을 흔들 수 없는 것처럼
묵묵히 자신의 길을 가는 의연함이 필요합니다.

[소나무에서 채취한 소장용 송근봉]

착각은 자유

"착각은 자유"란 말씀이 있습니다. 사람은 누구나 착각할 수 있지요. 착각은 어떤 사실을 사실과 다르게 생각하는 현상을 말합니다.

언젠가 교통관리공단의 실험에 의하면 신호 대기 중 파란 신호에서 앞차가 출발하지 않을 때 그 앞차가 고급 승용차이면 경적을 울리는데 평균 10초가, 경차이면 평균 3초가 걸리는 것으로 조사되었습니다.

이런 현상은 좋은 차를 타면 실제로 그 사람과 상관없이 좋은 사람, 훌륭한 사람일 것이라는 착각에서 기인합니다. 어쩌면 착각은 자기중심적이기 때문에 발생하는 현상입니다. 이것은 누구나 운전하는 사람이면 알 수 있습니다.

인간은 착각의 동물입니다. 인간은 왜 착각을 하는 것일까요? 재미나서요? 그것도 맞겠지요. 사람은 누구나 자기의 주관적 생각을 객관적이라고 생각하는 경우가 많습니다. 이는 내 생각이 상대방 생각보다 합리적이고 옳은 것이라는 믿음이 은연중에 깔려있기 때문이지요.

그러나 자기 생각이 객관적이라는 것도 자신의 착각일 수 있습니다. 문제는 타인의 착각은 잘 보이는데 나의 착각은 잘 보이지 않는다는 사실이지요. 심리학에서 자기중심적인 사고를 하는 나이는 5세 전후입니다. 따라서 사고의 객관화는 성장하면서 꼭 갖추어야 할 덕목이고, 결국엔 어른 됨과 철듦의 판단 기준이 됩니다.

인간이 누구나 착각의 존재라는 사실을 알면 타인의 실수와 잘못에 대하여 좀 더 관대해질 수 있습니다. 착각은 경우에 따라 좋은 결과를 만들기도 합니다. 그것을 '긍정의 착각'이라고 부르지요. 잘할 수 있다는 긍정적인 믿음은 잠재력을 일깨워줍니다. 경우에 따라서 착각은 '긍정의 선순환'을 만들 수도 있지요.

착각만큼 인간을 행복하게 해주는 것도 없습니다. 목욕하고 거울 앞에서 자신의 외모가 평균 이상이라고 생각한다든지, 조금 친절한 이성이 곧 자신에게 빠질 것이라고 생각한다든지, 내가 잘나서 사람들이 나를 쳐다본다고 생각한다든지, 유명한 연예인을 닮았다고 생각하는 등등.

착각은 행복의 원천입니다. 그리고 그것은 순수한 자유이고, 별도의 자금이나 세금이 지출되지도 않습니다.

저도 이 글을 쓰면서 사람들이 재미있게 읽어줄 것이라는 착각 속에서 헤어나지 못하고 있으니 말입니다.

첫눈

서울에 첫눈이 내렸습니다.

첫사랑, 첫경험, 첫눈….
처음이라는 말에는 묘한 설렘이 있기 마련입니다. 그래서 청춘 남녀가 첫눈이 내리는 날 약속하는 것도 그 이유 때문이지요.

개인적으로는 비도 좋아하지만, 눈이 더 좋은 이유는 비 오는 날의 수채화 같은 풍경보다는, 하얀 눈이 덮인 동양화 같은 풍경이 주는 여백의 멋스러움이 있기 때문입니다. 모두가 자연을 사랑하기 때문이지요.

비는 내리면 사라지는 성질이 있지만
눈은 오래도록 순백의 미소로 남아 세월을 추억하게 만듭니다.

비는 맞으면 처량하다는 느낌이 들지만
눈을 맞으면 낭만적인 느낌이 들기 때문입니다.

비는 시끄럽게 성근 소리를 내며 내리지만
눈은 소리 없이 소복소복 내리기 때문입니다.

　　　　제4장_상대방의 존중

비는 사람들의 마음을 젖게 하지만

눈은 상처받은 사람의 마음도 포근하게 감싸기 때문입니다.

이런 모든 것은, 사람마다 감정, 감성이 틀리지만, 제 생각은 그렇습니다.

첫눈이 펑펑 내리는 날, 마침 일요일이라 도봉산에 올랐습니다. 전에 같으면 등산객이 엄청 붐빌 텐데 코로나로 인해 산을 찾는 사람들이 많지는 않았습니다.

소나무와 단풍나무. 갈참나무. 억새 위에 쌓인 소탐스럽게 눈이 내린 풍경은 한 폭의 풍경화를 보는 느낌이 들었습니다.

어렸을 때 무릎까지 눈이 오던 날, 백구 데리고 마을 어귀까지 눈을 쓸고 돌아오는 길. 가깝게 들리는 참새 소리와 그 눈부신 설국의 정취를 잊을 수가 없습니다.

눈은 세상의 잘난 사람이나 못난 사람이나 부유하거나 가난하거나 모든 것을 포근히 덮어줍니다. 이 세상을 살면서도 모두를 감싸 안을 수 있는 너른 마음을 갖고 시린 세월을 이겨낼 수 있다면, 참으로 행복하겠다는 생각을 했습니다.

온 대지에 흰 눈이 쌓이고

나뭇가지마다 탐스러운 설화가 맺힌

함박눈이 펑펑 내리는 도봉산 자락에서….

[2020년 12월 13일 도봉산 Y계곡]

　　　　제4장_상대방의 존중

주목을 바라보며

살아서 천 년을 살고 죽어서 천 년을 사는 주목
우리는 한 해를 사는 것도 아등바등
힘에 부쳐 기진맥진하는데
주목은 죽어서도 몸통을 비틀어 세월을 버티네
살기 고달프고 어려운 사람들은
하루가 천 년 같다느니
찰나에 백 년은 늙었다느니
눈가에 주름이 져 보톡스를 맞는다느니
하찮은 것에도 호들갑 떨며 죽을 것처럼
표현하는 사람들….
순수한 삶이 얼마나 힘들고 처절한 생명의 연장인가?
함백산 주목이 영험하다고
태백산 주목이 영험하다고
세속인들아 너무 계산하지 말자
주목은 다 같은 주목
매 순간 생명이 끝날 것처럼 살아가자
새로 시작하는 경자년 인생관을 값지게 계획하고
못다 한 일들을 재설계할 희망과 꿈을 세우자
뿌리깊은 나무는 죽어서도 품위가 있지 않은가?

겨울 눈

연일 한파가 맹위를 떨치고 있습니다.

아파트 앞, 그 추운 겨울에도 푸르름을 유지하며 의연히 서 있는 소나무를 봅니다.

모든 것이 얼어붙을 한기에 잎끝까지 수분을 공급하며 신진대사를 멈추지 않는

겨울나무를 보면 애처롭기도 하고 경이롭기도 합니다.

소복이 내린 눈 사이로 삐죽이 내민 나뭇가지에

아직 봄은 멀었건만 꽃눈과 잎눈을 소중하게 키워가는 모습을 쉬 볼 수 있지요.

그 눈은 겨울에 만든 것이 아닙니다.

봄부터 가을까지 오랜 시간을 들여 눈을 만들고 휴면상태로 지내며 다가올 봄을 준비하는 것이지요.

그 눈 속에는 꽃과 잎의 압축된 정보가 들어 있습니다.

따사로운 봄이 되면 기지개를 켜고 유전인자의 모습이 발현되어

자손 대대로 저마다의 아름다움을 뽐내겠지요.

겨울눈을 한문으로 '월동아(越冬芽)'라고 합니다.

"겨울을 넘는 싹"이라는 의미의 한자이지요.

겨울은 식물에게 고난의 시간입니다.

식물은 그 시기를 잘 견디기 위한 훌륭한 생존전략을 갖고 있기도 하지요.

일단 잎을 떨구어 불필요한 수분의 증발을 막고

눈이나 씨앗으로 겨울을 보내기도 하지요.

뿌리줄기나 알뿌리로 겨울을 견디기도 합니다.

어떤 방법이든지 자신에게 유리한 방법으로 진화해온 식물은 그 자체로 위대합니다.

겨울 추위를 견디어야만 싹이 트는 식물도 있습니다.

일정한 온도 이하에서 휴면기를 거쳐야 싹이 나는 경우이지요.

어찌 되었거나 겨울에 흔히 볼 수 있는 눈은

영양분이 풍부한 여름에 만들어진 것이라고 하니

그 유비무환의 정신을 본받을 필요가 있습니다.

▨ 맺음말

우리는 태어난 순간부터 수많은 말을 하고, 수많은 글을 보며 자랍니다. 그리고 잘 읽히는 글과 잘 읽히지 않은 글을 스스로 압니다.

사람마다 그 기준이 다를 뿐이죠.

그래서 책이 나오기까지의 과정은 붙여야겠기에 글의 말미에 조금이라도 면책될까 싶어 변명을 늘어놓습니다.

저는 문단에 등단한 적도 없고, 글로 밥을 먹고 사는 사람도 아닙니다. 부끄럽게도 이 책을 내게 된 동기는 '인간은 망각의 동물'이기에 지나온 세월 동안 간간이 생각나는 대로 수첩에 메모를 한 계기가 된 것이지요. 메모는 어떤 것을 기억하기 위해 작성하는 것이 아니라 잊어버리기 위해 작성한다는 사실입니다.

수필은 참으로 매력이 있는 문학입니다. 이 책이 세상에 얼굴을 내밀기까지는 무던히도 14년이란 긴 세월을 보냈던 거 같습니다.

옛날 이제현은 『역옹패설』이라는 책을 냈습니다.

그는 서문에서 나를 '역옹'(상수리나무 같은 노인, 즉 별로 쓸모없는 노인이라는 뜻)이라고 부르지 말고 '낙옹'(즐거운 노인네)이라고 불러 달라 했으며, 이 책 또한 '패설'(돌아다니는 이야기)이 아니고 '비설'(아주 비천한 이야기)로 불러달라고 했으니, '역옹패설'은 '낙옹패설'로 읽어줘야 옳습니다.

이 책 또한 붓 가는 대로 썼으며, 수필의 형식을 취했다고는 하나 분량이 미치지 못하고, 내용의 일관성도 없이 그냥 그날그날의 생각 나는 단상을 형식 없이 엮어낸 것이니 부족함이 많은 글이오나, 그리 허물하지 말아 주셨으면 합니다.

글을 쓰는 것은 무엇을 얻고자 함이 아니고,
함께 공유하고자 하는 마음에서 시작되었으니,
이 글을 깁고 보태거나 인용하여 쓰시는데 아무런
제약이 없음을 밝힙니다.

글쓴이 **정운종**

맺음말